特命調査室 桐野玲子 あぶない囮捜査

◆◆◆

桜井真琴

Makoto Sakurai

紅文庫

目次

装幀　遠藤智子

特命調査室　桐野玲子　あぶない囮捜査

プロローグ

「おーおー、おっさん、興奮しすぎて鼻血出しそうだ」

「ヤリたくて、仕方ねえんだなあ」

ヒロシたち三人組は、クルマの中でモニターを見ながら、中年男の興奮ぶりをゲラゲラと笑っていた。

「まあ、こんなおっさんからしたらさあ、サキみてえな美人が言い寄ってくるなんて夢物語だろうよ」

「まあそうだな。がっつきたくなるのも無理はねえぜ」

トオルとリョウもそう言って、ニタニタと笑っている。

サキというのはヒロシがナンパして捕まえた女だ。十九歳だが童顔で、高校生に余裕で見える。

そこで考えたのが、美人局《つつもたせ》だ。サキに金を持っていそうな男を捕まえさせて援助交際を持ちかけ、うまくいったら男をラブホテルに誘う。

そしてサキの隠し持っていた盗撮用の小型カメラでこっそりとリアルタイムでムービーを配信し、頃合いを見てヒロシたちが踏み込み、援助交際を黙っている代わりに金を巻きあげる、という古典的な手法である。

しかし、自分たちがやっておいてなんだが、世の男はどうしてこうも女子高生に弱いのか、とにかく引っかかりまくって、今月はもう五十万の稼《かせ》ぎだ。

(ぼろい仕事だぜ)

これだったら、サキに女友達を呼ばせて、二、三人の女で稼がせるのも悪くないとヒロシは思いはじめていた。

『ああん、おじさんっ、すごーい』

モニターの中のサキが、中年男のイチモツを見て目を輝かせている。

デカくもないし、勃起《ぼっき》の角度もたいしたことはない。でも五十歳ぐらいのおっさんなら、確かに立派なのかもしれない。

『た、たまらんよ、もう……サキちゃんっ』

中年男がガマンしきれずに、サキに襲いかかった。

「おっ、やべえ。そろそろ行くか」

慌てて、トオルがクルマを出す。

そして人気の少ない裏通りにクルマをとめ、サキと中年男がいるラブホテルに入っていく。

「確か、八〇五だったよな」

エレベーターの中でトオルたちと確認してから、その番号の部屋に行き、コンコンとドアをノックする。

すぐにサキが下着姿でドアを開けてくれた。

ヒロシたちはいつものように、勢いよく中に乗り込んでいく。

中央にある大きなベッドの上で、おっさんが裸のままで驚愕《きょうがく》した目を見開いていた。

「な、なんだっ、おまえら」

男の顔は笑えるくらい青ざめている。

「誰でもいいだろ。可愛い妹と援交なんて、落とし前つけろよ、おっさん」

ヒロシは言いながら中年男の鞄《かばん》を漁《あさ》る。

男は股間をシーツで隠しながら、慌てて手を伸ばしてきた。

「い、妹？　お、おいっ、やめろ！　そうか、美人局だな、おまえら」

その男の手をトオルがつかんで、ケラケラ笑う。

「人聞きがわりーなー、おっさん。女子高生を金で買うなんて、とんでもねえやつだよなあ」

「おい、このおっさん、四和《よつわ》の社員だぜ」

ヒロシは社員証を鞄から取り出して、戦利品のようにヒラヒラさせた。

男は「やめろ！」と言うが、トオルに押さえつけられていて、身動きができないでいる。

「四和って何？」

リョウが訊《き》く。

「四和商事だよ。不動産とか、なんでもやってる超大企業だぞ」

「そんな大企業のエリートさんが、女子高生と援交とはな」

みなで笑っている最中、ヒロシはさらに男の財布を探り当てて、そこから万札を抜いた。

さすが一流企業の社員だ。十万はある。

「お、おいっ、やめろっていうんだ」

中年男が暴れるものの、トオルとリョウのふたりがかりでは、動くこともできない。

「おい、おっさん。こっちはぜんぶ撮《と》ってんだからな。会社にチクられたくなかったら、あと百万持ってこい。それまで社員証は預かっておくからよ」

ヒロシが言うと、中年男は泣き顔になった。

「む、無理だ。百万なんて……」

「家族と会社にチクったら、おっさんの人生とんじゃうよ？　百万なら安いだろうが。また連絡すっから、会社の電話にさ」

中年男はがっくりと肩を落とした。

ヒロシたちは部屋を出て、エレベーターの中で大笑いした。

「四和ってのは、そんなにすごいのかよ」

リョウが訊いてくる。

「世界的な大企業よ。俺でも知ってるくらいだから、相当だろ？　すげえなあサキ。いいもん拾ったじゃねえか。百万どころじゃねえよ。しばらく遊べるぜ」

ヒロシがサキを褒《ほ》めると、サキは「へへっ」と得意そうに笑う。

上機嫌でクルマに戻ろうとしたときだ。

黒いスーツを着た女が、クルマの前に立っていた。

（おっ）

暗くてわかりにくいが、女はかなりの美人だった。

いや、かなりなんてもんじゃない。サキなんて目じゃないくらい、顔立ちの整ったモデルみたいなルックスだ。

タイトなパンツスーツに包まれたプロポーションも抜群だった。

細身なのに、胸や尻は悩ましいほどの丸みを帯びていて、いやらしい身体《からだ》つきをしている。

三人の男は色めき立った。

「お姉さん、何？」

「そのクルマ、俺たちのなんだけど、ドライブしてえの？」

女を見て鼻の下を伸ばしていると、サキがふくれた顔をした。が、もうサキなど正直どうでもいい。

（なんでこんなところにいるかわからねえけど、この女……すげえ美人じゃねえかよ。さらっちまうかな）

ヒロシがふたりの顔を見る。

トオルもリョウもニヤニヤとして、こちらを見ていた。どうやら同じことを考えていたらしい。

スーツの女は「ウフ」と口角《こうかく》をあげて腕を組んだ。

「ねえ、キミたち。悪いことは言わないから、さっきの社員証とお金を返して立ち去りなさい」

女の言葉に、ヒロシは軽く動揺した。

（なんで知ってやがる？）

男の知り合いか？　だったらなおさら、さらわないとヤバい。

「お姉さん、あのおっさんの何？」

三人でじりじりと近づいていく。

だが男たちに囲まれても、女は涼しい顔だ。

「キミたちは知らなくていいわ。それより、こんなクズみたいなことしてないで、ちゃんと働いたらどうかしら」

女がセミロングの髪をかきあげる。

スーツの胸元が大きく揺れた。ヒロシは思わず唇を舐《な》める。

（すげえおっぱいじゃねえか……なんなんだこの女は。ヤリてえっ）

ヒロシはトオルとリョウのふたりを見る。

ふたりが大きく頷《うなず》いた。トオルが前に出る。

「お姉さんさあ、そういう説教臭いことはいいから。俺たちと遊ぼうぜ」

トオルが捕まえようとしたときだ。

女はその手をつかむと、くるりとひねりあげた。そうして、トオルの腹に鋭いパンチを見舞っていく。

「ぐああっ」

トオルがその場に膝をついた。ヒロシの顔が強張《こわば》る。

（なんだこいつ……）

　緊張が走る。

　ヒロシはリョウと顔を見合わせた。

「女だと思って油断するなよ、ふたりがかりだ」

　リョウが小さく頷く。

「このアマっ」

　リョウが女にタックルを仕掛ける。合わせてヒロシも脚を取りにいく。

（いけるっ）

　と思った。

　だが女は素早く身をかわすと、素早くヒロシの股間を蹴りあげてきた。

「ぐおっ」

　玉がつぶれたのではないかと思う衝撃で、ヒロシはヨダレを垂らして、アスファルトの上でうずくまった。

「ごめんねえ。急いでるから手加減できないのよ」

　見れば、リョウもアスファルトの上で大の字になっていた。

女は近寄ってくると、上着のポケットを探り、先ほどの男から奪った金と社員証を抜き取った。

続いて怯《おび》えているサキのところに行き、小型カメラも奪ってしまう。

「キミたち、もう四和に連絡とかしてこないでね。今度はオチン×ンだけじゃすまないから」

女が切れ長の目を細めて、冷たく笑う。

ゾッとした。

なんとなく、いる世界が違うと思ったのだ。

こんなことは初めてだった。

女が去っていく。

パンツ越しにも、尻たぼが悩ましく揺れているのがわかる。

キュッと小気味よく盛りあがったエロいケツだ。

バックから突いたらさぞかし気持ちいいだろうなと思いながら、ヒロシは意識を失うのだった。

第一章　わいせつ動画撮影犯を追え

1

『ああっ……いやぁっ』

『フフッ、いやいや言いながら、もう濡れてるぜ』

モニターから流れてくるハメ撮り動画を見て、桐野《きりの》玲子《れいこ》は思わず目をそむけた。

肌が火照《ほて》り、身体の奥がジンと熱くなる。

玲子は三十二歳。

独身だが、それなりの男性経験はある。普段であればアダルト動画など見てもどうってことはない。

しかしだ。

出演している女性が問題だった。

「黒川《くろかわ》さん、どこから手に入れたの、これ」

玲子が尋ねると、四和商事の営業部長の黒川は、気難《きむずか》しい顔をしてスマホでサイトを見せる。

「海外の通販サイトだ。無許可の無修正を売ってるが、サーバが海外なので簡単には日本から手を出せない。このサイトのことをウチの社の若い連中が噂にしてるって聞きつけて、取り寄せたってわけだ」

「なるほどね」

玲子は腕組みして、モニターを見る。

アダルト動画に出演しているのは、間違いなく経理部の佳山由美《かやまゆみ》だった。

玲子の三つ下の二十九歳。

もうすぐ寿退社《ことぶき》が決まっており、気立てがよくて明るく、そしてかなりの美人である。

「これを撮影して販売しているのが、社内の人間かもしれないと」

黒川は頷いた。

「怪しいのが、営業二課の奥山《おくやま》だ。最近、佳山由美とよく一緒にいるらしい。

それにこのところ、平社員のくせにやけに羽振りがいい。女を取っ替えひっかえしているという話もある。社内の人間だけじゃなく、最近はナンパで引っかけた女を出演させているって噂も聞くな」

「最低ですね」

「まあ警察だって無修正売ってりゃ黙ってないと思うが、そうなるとマスコミは《四和商事のエリート営業マンが性犯罪に無修正で商売……》と、面白おかしくかきたてるだろう」

玲子は再びモニターに目をやった。

『あっ、ああっ……いやっ……いやあっ……』

モニターの中の由美は素っ裸にされて、覆面の男に正常位で貫かれていた。

由美の汗ばんだ肌が赤く染まり、細い腰が動いている。

無理矢理されているのに、由美は可哀想《かわいそう》に反応しそうになっているのだ。

(由美……)

彼女がアダルト動画に出演するような女性でないことは、友人である玲子にはわかっている。何か弱みを握られたのだろう。

玲子は怒りとともに、しかし下腹部が熱くなるのを感じてしまう。

(やだ……由美のを見て感じちゃうなんて)

同性から見ても美しい子であった。

そんな子が無理矢理に野太《のぶと》いモノで犯されて、望まぬ快楽で喘《あえ》いでいるのである。

怒りが湧くとともに、どうしても身体が熱く火照ってしまう。

最近、シテなくて欲求不満だからだろうか……。

そんな思いを振り切るように、玲子は社内変装用の大きな眼鏡をつけて、立ちあがった。

「わかりました。営業二課の奥山ですね。調べてみます」

「頼んだぞ。いつもどおり内密にな。この子には何も訊くなよ。ああ、それと例の援助交際の矢島《やじま》だが、退職させておいた。まったく……四和の社員が買春なんて、何をしてるんだか」

黒川がモニターを消して、煙草《たばこ》に火をつけようとする。

「黒川さん。禁煙ですよ、ここ。それと危険手当、お願いしますね。なんか今回の仕事は面倒臭そうだわ」

言うと、黒川は渋い顔をする。

「相変わらず、がめついなあ」

「当たり前じゃないですか。それより不景気だからって、経費削ろうとするのやめてください」

「わかってるっ、わかってるよ。とにかく頼むぞ。いつもどおりのスイーパーの腕で、キレイさっぱり揉み消してくれ」

黒川は煙草を戻して椅子にふんぞり返る。貫禄があって太っているから、安物の椅子がキイキイ鳴っている。

本来は広報の部長として革張りの椅子がお似合いで、こんなリストラ候補社員ばかりのお荷物部署に用はないはずだが、それには理由があった。

玲子はキャリア人事室を出た。

大きな眼鏡とひっつめ髪の地味な事務社員の桐野玲子は、実は裏では社員の風俗事犯を取り締まる「特命調査室のスイーパー」として働いている。

指令を出すのはもっぱら黒川だ。

表に出せない四和社内の下半身の不祥事を、警察やマスコミに嗅ぎつけられる前に消してしまうのが玲子の仕事だった。

なぜそんな面倒な仕事をしているかというと、遡《さかのぼ》ること五年前。

玲子は公安の捜査官として、裏の犯罪を追っていた。

そのときは身体のラインがわかるタイトなジャケットに、太ももの付け根まで見えるミニスカートを身につけ、肩までのミドルレングスの艶髪をなびかせて颯爽《さっそう》と悪人たちと対峙《たいじ》していた。

目鼻立ちのくっきりした端正な美貌《びぼう》で、公安内でも玲子を狙っている男ばかりというほど目立つ美人だった。

だがその美貌とは裏腹に格闘経験と実戦にも長《た》けたエリートで、日々捜査に従事していたのである。

そんなある日のこと。

彼女は六本木のクラブの一般客にまぎれて、麻薬売買の現場を探っていた。

本来ならばマトリ（麻薬取締官）の仕事である麻薬売買を追っていたのは、相手が外国の大使館員だったからである。

事件を表沙汰にせずに、できるだけ秘密裏に処理することが玲子に課された仕事であった。

玲子は若者たちで賑わうダンスフロア内を監視していた。

そのときだ。

ターゲットである売人と大使館員が、VIP席に移動したのが見えた。

(踏み込んで、押収すれば終わりね)

他の捜査員たちと連携を取りつつ、店の奥にある外階段からまわってVIP席に踏み込もうとした。

だが……。

「いやああ!」

別の場所から女性の悲鳴が聞こえてきて、玲子はVIP席に踏み込まず、ワンフロア上の階段の踊り場に行ってみた。

ハッとした。

ひとりの女性が、ふたりの男たちに押さえつけられていた。

女性はTシャツをめくられて乳房をさらけ出し、さらにホットパンツとパンティをズリ下ろされて四つん這《ば》いにされていた。

そしてひとりの男のイチモツを咥《くわ》えさせられており、もうひとりの男からバックで犯されようとしていたのである。

(この男たち、クラブの踊り場なんかで女性を犯そうと……)

捜査官としては無視すべきと教わっていた。玲子の任務はあくまでＶＩＰ席の売人と大使館員だ。

レイプされている女性は、この場合は放っておくべきである。

だが、そんなことはできなかった。

「あなたたち、何をしているの！」

玲子はすかさず男の頭を蹴りあげ、もうひとりの男も倒そうした。

だが、素人と思っていた玲子に油断があった。

男はナイフを持っており、そのナイフを玲子が避けたことで、レイプされかかっていた女性が刺されてしまったのだ。

クラブはパニックになり、結果、売人と大使館員まで取り逃がしてしまうことになった。

玲子はホシを逃がしたことよりも、女性を傷つけてしまったことを後悔して仕事をやめた。

さて、何をしようかと思っていたとき、見知らぬ番号からスマホに電話がかかってきた。

出てみると、四和商事の黒川という男だった。

そのときから裏の世界に精通していた黒川は、公安をやめた玲子を四和のスイーパーとして、スカウトしようとしていたのだ。

2

「ごめんなさい、遅くなって……」

玲子は青山《あおやま》にあるバーに到着して、奥山に頭を下げた。

「いや……俺も来たばかりですから」

テーブル席にいた奥山は、キザったらしく前髪をかきあげる。

内心、気持ち悪いなあと思うのだが、もちろんそんな気持ちはおくびにも出さずに、ニコッと微笑んだ。

高いスツールに腰かけると、奥山は玲子の全身を舐めるように見つめてきた。

玲子は事務員として働いているときは、大きな眼鏡とひっつめ髪だ。

今は眼鏡を取り去り、髪を下ろしている。

会社では決して見せない素顔だから、仮に社内で奥山と会っていたとしても、正体はバレないはずだ。

白いブラウスとひかえめな長さの黒いタイトスカート。イヤリングやネックレスで着飾り、セレブな人妻を演じている。

奥山の調査をまかされた玲子は、まずは由美に聞き込みをした。

脅迫されているらしく、なかなか本当のことを言わなかったのだが、何度か話しているうちに、奥山から脅されていると教えてくれたのだった。

手口はこうだ。

奥山は由美と仲良くなり、仕事の悩みを訊いて欲しいと一緒にこのバーにやって来た。

だが、由美は二杯くらいカクテルを飲んでから記憶がなくなり、気がつくと奥山の部屋にいて、いつの間にか恥ずかしい写真を撮られていたということだった。

おそらくクスリを盛られたのだろう。

それから……レイプ写真を会社に張り出すと脅され、なし崩しにアダルトムービー撮影に参加されられてしまったというのだ。

(由美……せめて脅迫されたときに連絡くれればよかったのに)

玲子は微笑みながらカクテルを注文し、隠れて拳《こぶし》を握りしめる。

(さあて、私にはどう出てくるのかしらね?)

何度かこのバーに通っているうちに、奥山から声をかけてきた。

うまくひっかかってくれた。

あとは囮《おとり》になって、奥山を嵌《は》めればいいだけである。

仮に警察につかまれば、奥山が四和商事の社員であることが表に出る。さらには四和社内の同僚の女性をAVに出演させていた……なんて書かれたら、四和のかなりのイメージダウンである。

四和商事としては、それは避けたい。

だから秘かに処理するのが「特命調査室」玲子の任務であった。

(それにしてもいやらしい目つき)

会話しながら、奥山の視線はずっと、玲子のボリュームある胸元に注がれていた。細身だから張り出したバストが目立ってしまうので、普段は乳房が小さく見える巨乳を抑えるブラジャーを愛用している。

だが今は、奥山に罠《わな》をしかけるために、Fカップのバストを隠さずに誇示していた。

頼んだカクテルがきて、グラスを持つ。

「今日はありがとうございます。礼香《れいか》さん。いやあ、こんなキレイな人と飲めるなんてうれしいなあ」

奥山はへらへらと笑い、グラスを合わせてきた。

ちなみに「礼香」は偽名である。

「ウフフ。そんなっ、キレイだなんて」

微笑みを浮かべながらも、心の中で身構えていた。

そして、頼んでいたカクテルグラスを傾ける。

（ん？）

妙な味がして、玲子は顔を曇らせる。

（ウソでしょ。一杯目からクスリを盛ったんじゃないでしょうね……）

さすがにそれはないだろうと、甘いカクテルをまた喉に流し込む。

やはり味がおかしい。

玲子は奥山に見えぬよう、ハンカチを口に当てて含んでいたカクテルを染み込ませる。

だが、それでも最初に飲んでしまった分はどうにもできない。

「それにしても美しい人だ。ああ、残念だな、ご一緒できるのが今夜だけなんて、お姫様みたいなのに」

奥山が飲みながら、歯の浮くような台詞《せりふ》を言う。

「ウフ、ダメですよ。私は人妻なんですから」

玲子は柔和な笑顔を浮かべ、貞淑な人妻を演じている。

そんなことを話していると、どうにも頭がくらくらしてきた。

（あれ？　なんか……）

クラッときた。

瞼《まぶた》が閉じそうになっている。

やはり一杯目からクスリを盛られたのか……。

しかし、ここはバーの中だ。どうするんだろうと思っていたら、薄れゆく意識の中で奥山がマスターに目配せしていたのが見えた。

なるほどねえ。しかし油断したわ……。

「あの、私……」

このままではまずい。

本当はクスリを盛られたフリをしようとしていたのだ。立ちあがるも、膝に力が入らず、奥山に抱きかかえられるのだった。

3

奥山は、清楚な人妻がふらふらしはじめたのを見て、ニヤリと笑みを漏らした。礼香というバーでナンパした人妻は、今は目をとろんとさせ、真っ赤な顔でときおりガクッと寝落ちしそうになっている。

(よし。もう少ししたら、完全に意識がなくなるな……)

奥山はほくそ笑み、ちらりとマスターにウインクする。

このバーのマスター、竜司《りゅうじ》とは昔からの顔なじみである。学生時代、つるんで女たちをハメまくった仲間だった。

カウンターで隣に座る礼香が、腕に寄りかかってきた。

ブラウス越しの乳房が押しつけられ、その柔らかさとボリューム感に、奥山は早くも股間を昂《たかぶ》らせる。

「れ、礼香さん、大丈夫ですか?」

邪《よこしま》な心を隠しながら、奥山は心配そうな顔を見せる。

「ええ。でも、おかしいわ。一杯でこんなになったことないのに……」

礼香が訝《いぶか》しんでいるのを見ながら、奥山は心の中でほくそ笑んだ。

(ククッ、俺のことを疑っているみたいだが、もう遅いよ)

人妻をもう一度じっくり見た。

今、カウンターの横に座る人妻は、これまで捕まえた獲物の中でも別格の美しさを放っている。

セミロングのツヤツヤした黒髪、端正な目鼻立ち。アーモンドの形をした大きな目が魅力的で、それが今は酩酊《めいてい》したように瞼を半分落とし、色っぽい雰囲気を醸《かも》し出している。

(確か三十二歳だったな。まさに熟れ頃、食べ頃ってヤツだな……)

初めてこのバーで彼女を見かけたときから、絶対にものにしてやると決めていた。

だが声をかけても、まったく乗ってこない。

一度だけバーで一緒に飲みたいと拝み倒して、ようやく今日に至ったわけである。

(こんないい女、逃がすわけにはいかない)

白いブラウスの胸元の隆起はすさまじく、EとかFカップは間違いなくありそうだった。

かと思えば腰はつかめそうなほど細く、そこから悩ましく広がっていく人妻らしいムッチリした尻もたまらない。

バックからハメたら尻の弾力が心地よさそうだ。

（さあてと、そろそろか……）

と、思ったときだった。

人妻がついにカウンターに突っ伏してしまい、静かな寝息を立てはじめたのだ。

奥山はカウンターの向こうにいるマスターの竜司と顔を見合わせて、いやらしい笑みを見せた。実は入り口はクローズしてるから、客は誰も入ってこられない。

「礼香さん、起きてください」

奥山は何度か、カウンターに突っ伏してしまった人妻の名を呼び、それから肩に手をかけて少し揺すってみた。

しかし美しい人妻は、「うーん」と小さく声を漏らしただけで、特に反応はない。

（よ、よし……やったぞ）

奥山は唾を飲み込んだ。

カクテルに仕込んだクスリが効いたのだ。これでしばらく何をしても起きることはない。

(しかし、ホントに美人だな)

奥山は今まででトップクラスに美しい獲物に見惚《みと》れた。美人なだけでなくプロポーションもバツグンだった。

身体をこうして見ているだけで股間が硬くなって、ジクジクと疼《うず》いてくる。同じ会社に勤める佳山由美も美人で味もよかったが、こちらの人妻の方がランクは上だ。

ハメ撮りも高くつくだろうが、何よりもヤリたくてたまらない。

「フフフ。うまくいったな。さっさと運ぼうぜ」

いつの間にか竜司が近くにきて、ニヤニヤ笑っている。

ぐったりした人妻をふたりがかりで竜司のクルマに乗せて、奥山の家に向かう。

奥山のマンションの部屋のひとつは撮影用に使っている。

いわばヤリ部屋である。

ふたりは礼香を抱きながらその部屋に入り、キングサイズのベッドに仰向《あおむ》けに寝かせた。

「竜司、今日は先に俺の番だよな」

奥山は目と鼻だけ露出した、黒い覆面を被《かぶ》って言う。

竜司が舌打ちした。

「なあ、今日だけはジャンケンしねえ？　こんないい女はじめてだぜ。先にいただきてえよ」

ふたりはベッドに横たわる、美しい獲物を眺めた。

黒いタイトスカートから、ナチュラルカラーのパンティストッキングに包まれた、白くてムッチリした太ももが半ばまでのぞいている。

ブラウスの胸のふくらみは仰向けでも大きく盛りあがり、スースーという可愛らしい寝息に合わせて、ゆっくりと上下している。

艶やかなミディアムヘアが、ベッドの上で扇《おおぎ》のようにパアッと広がり、部屋の照明に照らされて、キラキラと絹のように輝いている。

なんともいい女だった。早く自分のものにしたくて仕方がない。

「だめだね。早くカメラ構えろよ」

奥山が言うと、竜司は再び「チッ」と大きく舌打ちして、三脚を立てたビデオカメラの後ろにまわるのだった。

もう何度もこの部屋に女を連れ込んでいるというのに、今夜の興奮は今までにないものだった。

クスリを盛られて、横たわる清楚な人妻のなんと美しいことか。

目鼻立ちの整った端正な美貌は、まるでテレビドラマの女優のようで、息を呑むほどに神々《こうごう》しかった。

「早く素っ裸にしろよ」

カメラを構えた竜司が、声をかけてくる。

「わかってるって。おまえは撮影に専念しろ」

奥山は返答してから眠っている人妻、礼香に顔を近づけていく。

香水と人妻の体臭が混じった、ムンムンとした濃厚なフェロモンを嗅ぎながら、タイトスカートの裾《すそ》をつまみ、少しずつまくっていく。

一気には剝《む》かない。

ゆっくりと裸にしていく方が、エロいからだ。

奥山は鼻息荒くしながら、礼香のタイトスカートを太ももの付け根近くまでズリあげる。

すると、パンティストッキングのシームが露わになり、その下に白いパンティが透けて見えた。

(おお、こいつはすげえ……ムチムチだ)

奥山は覆面をしたまま、顔をほころばせる。

竜司は三脚から外したビデオカメラを持ってきて、人妻のムッチリした下半身を丹念に撮影しはじめた。

「すげえな」

奥山がつぶやく。

「ああ、しかもいい匂いがするぜ」

竜司に言われて、奥山は礼香の股間に顔を近づける。くんくんと匂いをかいだ。

人妻の恥部のほのかなぬくもりと、汗を含んだ甘い匂いがした。

ますます股間がいきり勃《た》つ。

(高く売れるぜ、これは)

礼香の寝顔を眺めて、奥山は覆面の下でニヤリ笑う。

睫毛《まつげ》が長く、鼻筋がすっと通っている。濡れた唇がやけに色っぽくて男心をくすぐってくる。

自分が今、素っ裸にされようとしているのに、そんなこととはつゆ知らずといった安心しきった可愛い寝顔が、奥山の興奮を煽《あお》る。

「奥さん……ククッ。たまりませんよ。すべて見せてもらいますからね」

興奮気味に言ってから、チュッと唇に軽くキスすると、

「ん……」

人妻の淡い吐息が、鼻先をくすぐってくる。

そのアルコールを含んだ甘い呼気が、さらに奥山を昂らせていく。

竜司がカメラをまわしながら、唾を飲み込んだ音をさせる。

「へへっ、すげえプロポーションだな。ムチムチだぜ」

竜司の言葉に、奥山が覆面の奥で、ククッと笑う。

「ああ。こりゃあ極上だぜ」

奥山は舌舐めずりしてから、いよいよ本格的なイタズラを開始した。

悩ましい隆起を見せる人妻の乳房を、ブラウスの上からゆっくり揉みしだいた。

(うおっ、柔らけえ……)

柔らかいのに弾力のある三十二歳の人妻の巨乳に、奥山は夢中になる。

ぜひとも早く生乳を揉みたくなってきた。

震える指で礼香のブラウスのボタンを外し、ブラウスを肩から抜く。

さらに、女体を横向きにして背中に手をやり、白いブラジャーのホックを外してやる。

すると人妻のブラカップが緩《ゆる》み、巨大なおっぱいがぶるんっ、と弾けるようにこぼれ出た。

「うーん。すげえ……」

奥山は唸《うな》り、血走った目で豊満な双乳を眺めた。

静脈が透けて見えるほど白い乳肉の中心部に、透き通るような淡いピンクの乳首がある。

人妻にしてはキレイな色味だった。

さらには形も素晴らしかった。下乳が押しあげるように豊かに盛りあがり、美しい球体を形づくっている。

見ているだけで口中にヨダレがたまっていく。

裸にしてからじっくり楽しもうと思ったが、もうこれは無理だ。ガマンできるわけがない。

「うはは、最高のおっぱいですよ、奥さん……」

可愛い寝顔に声をかけながら、奥山は礼香の乳房の裾野から絞るように揉みあげた。

「おおっ、た、たまんねえぜ」

人妻の乳房はとろけるように柔らかく、それでいて指を押し返すほどに豊かな弾力がある。

すべすべした乳肌は、揉むごとに、しっとりと指に吸いついてくる。

形をひしゃげるようにムニュ、ムニュ、と揉みしだいていくと、礼香の様子に変化が現れた。

「ううん……」

色っぽく喘ぎ、身体をよじらせはじめたのだ。

覆面の奥山はハッとして、揉んでいた乳房から手を離す。そしてカメラをまわしている竜司を見た。

「やべえな。クスリの量が少なかったか？」

「いや、待て、もう少し様子を見ようぜ」

竜司に言われて、奥山は覆面のまま、そっと人妻の顔を覗き込んだ。

瞼は閉じられ、眠ったままだ。

なのに、濡れた唇から色っぽい吐息が漏れている。ホッとすると同時に、ムラムラした気分が湧いてくる。

「眠ったまま感じるのかなあ、可愛いね、奥さん……」

しばらくおっぱいを揉んでいると、手のひらにこりこりとした感触があるのに気づいた。乳頭がかなりシコってきたのだ。

「奥さん、乳首が硬くなってきたよ」

意識のない人妻を辱める台詞を口にしながら、奥山は乳頭部を指でくりっとひねってやる。

すると、

「ん……ん……」

礼香はくぐもった声を漏らし、腰をさらに動かした。

やはりだ。

この美人妻は意識のないままに感じている。

その様子を見て、奥山はもういてもたってもいられなくなった。

おっぱいをすくいあげるように揉みしだきつつ、円柱形にせり出した薄ピンクの乳首にむしゃぶりついた。

シコッた乳首を舌でねろねろと舐め、唇に含んでチュウと吸い立てる。

「ンンッ……！」

かなり気持ちよかったのか、眠っている人妻から悩ましい声が続けざまに漏れ出していく。

と、同時に可愛い寝顔は、少し苦しげに歪《ゆが》む。

「感じやすいんだねえ、奥さん」

奥山は、今度は人妻の下半身に視線をやる。

先ほどからタイトスカートの腰がよじれて、パンストとその下の白いパンティがまる見えになっていた。

「クク ッ……素っ裸にしてやるからな、奥さん」

意識のない人妻が、何も知らないうちに男の好きなようにされていく。その興奮は一度体験したらやめられない。

奥山は覆面の下でニヤリと笑うと、まずは人妻のタイトスカートを脚から抜き、さらにパンストと純白のパンティに手をかけ、するすると膝のあたりまで下ろしていく。

「おお……ッ」

美しい人妻を全裸に剥き、奥山は思わず感嘆の声を漏らす。

全体的に細身なのは間違いないのだが、身体全体はほどよく熟れきり、脂が乗っていて、どこもかしこもムチムチしている。

言葉を失うほどの美しさだった。

4

奥山は、ビデオカメラをまわしている竜司と顔を見合わせて、覆面のままでにたりと笑い合った。

クスリを盛って奥山のマンションの部屋に連れ込んだ人妻、礼香のあまりに美しいプロポーションに圧倒され、ふたりで「今夜は当たりだ」と合図したのである。

（しかし、それにしてもゴージャスな人妻だぜ）

ベッドの上に全裸で横たわる人妻を、奥山は改めて舐めるように見入った。

「たまんねえな……」

奥山がため息交じりに言うと、ビデオカメラをまわしている竜司も、

「そうだな」

と言葉少なに、ベッドに横たわる美しい獲物にただビデオカメラのレンズを向けることしかできない。

こうした犯罪をはじめたのは一年ほど前からだった。

四和商事の営業マンである奥山が、仕事の失敗をしていて落ち込んでいたときだ。

学生時代の悪友であり、行きつけのバーのマスターである竜司に、面白いことをしようと誘われたのがきっかけだ。

クスリを使って女をたぶらかすなんて、当然ながら最初は断った。

しかし、四和でダメ社員のレッテルを貼られ、むしゃくしゃしていた奥山はついついその誘いに乗ってしまった。

いや、誘われたのが竜司だけなら乗っていなかっただろう。

まさか経理部長の前川がつるんでいるとは思わなかった。地味でおとなしい前川は、その昔は信じられないことに総会屋と対峙していたことがあり、そのとき知り合ったのが暴力団の組員だったのだ。

前川と竜司はその組員を介して知り合い、この闇ビジネスをはじめた。

めぼしい女を見つけては、クスリを使って意識をなくし、わいせつ動画を撮影する。さらにその動画を脅迫に使ってハメ撮りまで持っていき、その動画を海外の配信サイトで売るのである。

どんなダメ社員でも、四和商事の名刺は信用になる。実際にそれで女の目の色が変わったのを何度も見てきた。

今までそうやって、何人の女を抱いたことか。

特に人妻はいい。

家庭を壊したくないとの弱みがあるし、久しぶりに旦那以外の男に抱かれる興奮もあるのか、大抵が自分から股を開くようになる。

(この奥さんも、そのうち俺たちに抱かれまくって、ヒーヒーとヨガるようになるんだろうな)

想像するだけで股間が痛いほど硬くなってきた。

「よし、じゃあ売り物用の撮影をするぜ」

竜司がもう一台、カメラを持ってきてセットしはじめる。

連れ込まれたこの人妻は、二台のビデオカメラによって、これからありとあらゆる恥辱《ちじょく》を録画されるのだ。

奥山は、目と口だけを露出させた覆面をつけ直し、いよいよ自分のシャツとズボンとパンツを脱いで全裸になった。

身につけているものは覆面だけという格好《かっこう》だ。

若いわりに肥えた腹の下に、淫水焼けした怒張《どちょう》がみなぎっている。

「いつもより元気じゃねえかよ」

ビデオカメラをまわしながら、竜司がからかった。

「そりゃあ、この奥さんの美貌とスタイル見たら、おっ勃つにきまってんじゃねえかよ。へへっ、献上する前にたっぷり味わってやるからな」

「ちっ、早くしろよ」

竜司が忌々《いまいま》しげに舌打ちする。

奥山は、そそり勃つイチモツを二、三度右手でこすりつつ、ベッドに横たわる意識のない人妻に覆い被さっていく。

(んん～たまんねえぜ……)

人妻の熟れたボディにはほどよく肉が乗り、やわらかな丸みを帯びた裸体に抱きついただけで、危うく射精しそうになるほど興奮した。

(三十二歳とか言ってたな……まさに女盛りってところか)

腰は細いのに、バストやヒップはすさまじいボリュームで、男が欲しいところに肉がある理想的なボディだ。

奥山は夢中になって人妻の首筋や胸元にチュッ、チュッと情熱的なキスを浴びせていく。

肌理《きめ》の細やかな白い肌からの甘い臭いが鼻先に漂う。

噎《む》せ返るような女の色香に興奮してしまい、もうビデオカメラがまわっていることとすら頭から消え去っていた。

奥山は夢中になって、自らのたるんだ身体を、シミひとつない人妻の肌にこすり合わせていく。

柔らかくもメリハリのあるボディの心地よさは、まさに天にも昇る心地よさだった。

（くうう、気持ちいいな）

奥山は息を荒げつつ、人妻の大きな乳房に手を伸ばし、じっくりと揉みしだいていく。

さらに今にももげそうなほど尖《とが》り切った突起に顔を近づけ、口に含むと、

「んんッ……あぁんっ……」

人妻の歯列がほどけ、甘い声が漏れる。

(眠っているのに、えらい感度がいいな……)

ますます燃えあがって、奥山は身体をズリ下げて、いよいよ人妻の下腹部に顔を近づけていく。

むっちりした太ももの付け根に、薄い繊毛《せんもう》が細長く生えていた。清楚な美貌に似つかわしく恥毛は薄めで、清らかな肉土手が見えている。

「すべて見せてもらいますよぉ、奥さん」

ククッと含み笑いをしながら、奥山は美しい人妻をM字開脚にした。

眠ったまま無防備に大股開きにされた人妻の寝顔をちらり見て、奥山はハアハアと息を荒げていく。

(くくっ……寝ているうちに、奥さんの恥ずかしい部分は全部ビデオカメラに撮られるんだぜ)

クスリを盛って連れ込んだ女たちに、レイプ動画を見せたときの、青ざめた表情といったら……。

この美しい人妻も絶望的な表情をするのだろう。

それを妄想しながら、奥山は開脚させた女の股間を覗き込んだ。

恥毛の下に麗《うるわ》しい切れ目が広がって、赤い媚肉が顔を出している。

意識のない間にたっぷりと愛撫をしたからであろう。スリットからのぞくピンクの恥肉はぬらぬらと濡れ光って、まるで男を誘っているようだ。

「おおうっ……キレイなもんだなあ。その奥さん、確か結婚して十年とか言ってたよな」

ビデオカメラをまわしながら、竜司が言った。

いつもの竜司は、カメラを扱っているときは口数も少ないのだが、相手が今までトップクラスの美しい獲物とあって、しゃべらずにいられないらしい。

「ああ、バーで言ってたな……しかし、それにしちゃあ……」

奥山は覆面の下で鼻息を荒げつつ、震える左手で人妻の花びらをV字にくつろげて、中の果肉をさらけ出す。

磯の匂いに似た濃密な香りが、ぷんと漂った。

媚肉はすでにぐっしょりと濡れて、受け入れ体制だ。おま×こはサーモンピンクの色艶がよく、人妻とは思えぬほど清らかだった。

「すげえな……この奥さん、まったくアソコを使い込んでないじゃないか。ピンクだぜ、ピンク」

興奮気味に奥山が言えば、

「あんまり旦那とシテねえんじゃねえか、もったいねえ」

と、竜司もククッと笑いながら返してくる。

奥山はニタニタ笑いながら、いよいよ魅惑の人妻の恥部を、指でまさぐっていくのだった。

5

（ああん、なんてヤツらなのよ、もう……）

玲子は意識をなくしたフリをしながら、男たちに身体を弄《もてあそ》ばれるのを、唇を嚙みしめて必死にたえていた。

（こんな卑劣なヤツが、四和にいたなんて）

奥山という男、見た目は派手で仕事はできないと訊いていたが、犯罪を犯すような大それたことはできないとも言われていた。

おそらくは、今、ビデオカメラをまわしているバーのオーナーであり、竜司と呼ばれている男が主犯なのだろう。

それにしても、頭が痛い。

素人だと油断していたが、まさか一杯目のアルコールからクスリを盛ってくるとは思わなかった。

カクテルの味がへんだと気づき、口に当てたハンカチに吐き出したが遅かった。最初に飲み込んでしまった分で、意識が朦朧《もうろう》としてしまったのだ。

奥山の部屋に運ばれるまでぼうっとしていたのだが、ベッドに寝かされたときに意識が戻ったのは、飲んだ量が少なかったからだろう。本当に危ないところだった。

(手足が痺《しび》れてる……まだ、ふたりの男を相手にはできないわね)

眠ったふりをしながら、こっそりと右手を握ったり広げたりしてみる。

力は普段の五割くらいというところか。

(それにしても愛撫がしつこいのよね、もうっ……ううんっ……)

素っ裸にされた玲子は女の恥部をいたぶられて、恥辱とおぞましさに眠ったフリをしながら身体を震わせる。

いくら覚悟してきたとはいえ、好きでもない相手に身体をまさぐられるのは気持ち悪いに決まっている。

(五割でも、やっつけられないかしら)

証拠のクスリはハンカチから出てくるだろうし、男たちの会話は鞄に忍ばせたレコーダーに録音してある。

元公安の捜査官としての技量を考えると、五割の力でも男のふたりぐらいならなんとかなりそうな気もする。

(問題はぶちのめしたあとよねえ。門倉《かどくら》さんにまわそうかしら)

門倉は玲子が公安のときに知り合った、仁流会《じんりゅう》という小さな暴力団の若頭である。

このふたりを門倉にまわせば、殺しはしないものの、それ相応の拷問にはかけてくれるだろう。

ただ、見返りが問題だ。

四和商事の手がける案件のいくつかを、仁流会の息のかかった会社にまわさなければならない。

まあそのへんは営業部長の黒川の裁量次第であるのだが……。

そのときだった。

携帯電話の着信音が聞こえた。

「はい、奥山……あ、はい……え？」

薄目を開けると、奥山はスマホで電話をしながら、焦《あせ》ったような顔をしている。

（何かしら）

不穏な空気が流れている。

聞き耳を立てて、奥山の電話に集中した。

「え……は、はい……」

電話の様子では、誰か上の人間に従っている感じだ。

（こんなときに電話なんて出るかしら……まさか……）

しばらくして、奥山がスマホの電話を切った。

一方的に指示らしいものを聞いていたようだった。

玲子は反撃しようとしたのをやめて、続けてベッドの上で眠ったフリを続ける。

「ちっ、お預けだとよ」

奥山が口惜しそうに言う。

(え？　ふたりだけじゃなくて、まだ誰かいるの？)

玲子は焦った。

彼女は、四和商事の風俗事犯を取り締まる特命社員であり、四和の社員、つまりこの場合は奥山だけをなんとかすればいい。

とはいいつつも、電話の相手が四和商事の他の社員かもしれない。

他にも四和の社員が関わっている可能性があるとなると、ここで迂闊《うかつ》に反撃したら、その男を逃がしてしまうかもしれない。

(まいったわ、どうしよう……)

薄目を開けながら考えていると、ビデオカメラをまわしている男、竜司も、忌々しげにチッと舌打ちした。

「しゃーねえなあ。だけど、最後までヤラなくていいのかよ」

「人妻だろ。写真で十分脅せるってよ。しかししまったなあ。この奥さんの写真を向こうに流したのが間違いだった。相当売れると踏んだらしいぜ、販路を拡大してきっちり売るってよ」

「まあ、この美貌じゃあなあ。ＡＶ女優よりイケてるもんな」

ふたりの口ぶりでは、やはりボス的な共犯者がいて、このわいせつ動画販売に関わっているようだった。

（やっかいなことになったわ……）

奥山だけを叩きのめせばいいと思っていた玲子の目論見は、残念ながら外れてしまった。

こうなれば恥ずかしい部分を撮影させて、脅迫されるところまで囮捜査を続ける必要がある。

（ああ……もうっ……黒川さんっ、話が違うじゃないの）

眠ったフリをしたまま、心の中で憤慨していると、再び奥山が身体にのしかかってきた。

玲子は裸にされたまま眠ったフリを続け、男たちにもてあそばれることを選択した。

（抵抗しないから、早く終わりにしてよ……）

元は公安で秘密裏に潜入捜査をしていた玲子である。

恥ずかしくないといえばウソになるが、それでもヌードを撮影されるくらいのことに怯《ひる》んでいては仕事にならない。

「金ははずんでくれるっていうけどさ、くっそ……ヤリたかったな」

奥山が吐き捨てるように言うと、竜司という男が「ククッ」といやらしく笑ったのが聞こえた。

「入れなきゃいいんだろ？　じゃあ、それ以外は何してもいいんだよな」

（え……？）

眠ったフリをした玲子は、いやな汗をにじませる。

ホッとしたのも束《つか》の間《ま》、また身体をまさぐられると訊いて怖気《おじけ》が走る。

奥山がウヒヒといやらしく笑いながら、全裸の玲子の首筋から腋窩《えきか》までをぺろぺろと舐めまわしてくる。

「仕方ねえ、最後までヤれないのは口惜しいけど、それ意外はたっぷり楽しませてもらうか」

（ああン……やめてよっ、き、気持ち悪い）

玲子はふたりの男たちにバレないように、ギュッと目をつぶって唇を噛みしめた。

たっぷりと身体を舐められたあと、今度は横向きにされた。

盛りあがったヒップの頂を撫でまわされ、さらにそのあとに、むしゃぶりつかれて、深い尻割れまでも丹念にねろねろと舐められる。

今度は仰向けにされる。

両の手で乳房をムギュムギュと、まるで手のあとがつきそうなほど強く揉まれ、乳首をキュッとつままれる。

そうかと思ったら、乳首の尖端《せんたん》にヌラリとした不気味な感触を覚えた。

（くううっ…）

あやうく派手な声を立てそうになり、慌てて奥歯を噛みしめる。

奥山は執拗《しつよう》に乳首を舐めまわして、唇に含んだり、甘噛みしたりして刺激してくる。

（なんてしつこいのよ。意識のない女性に、こんないやらしいイタズラをするなんて……なにが楽しいの。ああん、もうやめて……）

薬が効いて眠ったフリをしているのだから、ある程度イタズラされることは覚悟していた。

だが、やはり「ある程度まで」だ。

写真を撮られるくらいなら、元公安のときの囮捜査でも、別の女性と組んで何度かやったことがある。

だが、身体をまさぐられるのはさすがにキツい。

（ふたりをぶちのめして、終わりにしようと思っていたのに）

まさか、まだ共犯がいるなんて……。

ここまで執拗にいたぶられるとは想定しておらず、玲子はガマンできずに眉《み》間《けん》に悩ましいシワを寄せてしまう。

潜入捜査のエキスパートであっても、玲子は三十二歳の女盛りだった。

しかもバスト八十六、ウエスト五十八、ヒップ八十八センチという、グラマーな肉体である。

稚拙《ちせつ》な愛撫であっても、肉体が反応してしまうのは仕方なかった。

6

（あああ、ど、どうして……）

奥山に愛撫を続けられて、玲子は心の中で焦っていた。

覆面を被った奥山は、ハアハアと熱い息づかいをさせながら、玲子のゆたかな乳房を強く揉み、ちゅぱちゅぱと乳首を吸い立て続けていた。

（ううう……）

玲子は眠ったふりをしながら、じっとたえていた。

気持ち悪い。そう思っているのに、玲子自身、身体の奥から熱い疼きが湧きあがってきているのを感じはじめていた。

（いやっ……ああっ……いやなのに……）

忌《い》み嫌う男の愛撫であっても、三十二歳の女盛りの肉体は正直だった。

認めたくはないが、感じてしまっている。もう今にも甘い声を漏らして、腰を揺すりそうだ。

「おい……この奥さん、相当感じてきてるみてえじゃねえか。眠ったまま腰が動いてるぜ」

竜司という男が「へへへ」と笑いながら、近づいてきた。おそらくカメラで玲子の身体の隅々までを撮影しようというのだろう。

「ふへへ。俺の愛撫がよかったのかな。どうれ……」

奥山が乳房から顔を離した。

剥き出しの両足が持ちあげられていく。

(あッ、あッ……いやっ……そんな格好)

伸ばした美脚の膝を折り曲げられ、M字にさらされた。

(ああん！　だ、だめっ……！)

大股開きにされただけではない。

奥山の指が恥ずかしいワレ目をまさぐり、そのまま花びらを大きくグイッと左右にくつろげてくる。

「へへっ、すげえ、キレイなもんだな」

目をつむっていても、男たちの猥褻《わいせつ》な視線を感じる。

（いやああ……）

ある程度は覚悟していたものの、これほどまで恥ずかしいポーズを撮影されるとは、生きた心地もしなかった。

（もう、もういやっ……アアッ！）

そのときだった。

「くうっ……！」

思わず玲子はくぐもった声を漏らし、背中をそらせてしまった。

いきなり奥山に指を挿入されたのだ。もう眠ったフリをするのも限界に近づいていた。

（ああん……うっ……あっ……もう、だめぇ）

胸の内でかぶりを振り立てる。

奥山は忍び笑いを漏らしながら、指を何度も抜き差ししてくる。

さらに女の急所たるGスポットまでを鈎状《かぎ》に曲げた指で、かりかりと引っかくように愛撫されると、

「うっ……あっ」

玲子はこらえ切れずに、いやらしい声をあげてしまう。

「こんなに濡らして……眠ったままでも感じているんだなあ、奥さん」

奥山のうわずった声が耳に届く。

「すげえなあ。おい、もしかしてこの奥さん、眠ったまま、イカせられるんじゃないのか?」

カメラマン役の竜司の声がする。

玲子は目をつむったまま、背筋をぞっと震わせた。

(バ、バカなまねはやめなさいよ。眠ったままイクなんてあるわけないでしょう? さっさと撮影して、終わりにして)

しかし、その願いも虚《むな》しく、奥山は「へへっ」といやらしく笑うと、今度はクリトリスに触れてきた。

(アッ……アアッ……そ、そこは、いやッ……!)

感じまいとするものの、三十二歳の女盛りの肉体は、稚拙な愛撫にも反応してしまう。

撮影をされているという恥ずかしさもまた、玲子を昂らせてしまう。

奥山はクリトリスを親指でいじりながら、指を二本に増やして指マンをはじめた。快楽がおそろしいほどふくらんでいく。

(い、いやよっ……こんな男たちに……イカされたくない……)

しかし、身体は正直だった。玲子は子宮を疼かせて、奥から熱い新鮮な花蜜を噴きこぼしてしまう。

ぬちゃ、ぬちゃ、と恥ずかしい音が立ち、快感の波が押し寄せる。

(だ、だめっ……アアッ、もうだめッ……！)

そのときだった。

身体の奥からうねりのようなものが爆発した。

頭の中が真っ白になり、もう何も考えられなくなってしまったのだった。

第二章　社内売春チームを壊滅せよ

1

四和商事のオフィスの通路で、脚立を持っていた玲子は危うく秘書課の工藤《くどう》瑠璃子《るりこ》にぶつかりそうになり、尻餅をついた。

会長秘書の瑠璃子が、腕組みして睨《にら》んでくる。

「ちょっと、危ないじゃないのよ」

言い方にムッとするも、今の玲子は地味でおとなしい四和の女子社員だ。

「す、すいません」

立ちあがり、制服のタイトスカートの埃《ほこり》を払う。

大きな眼鏡とひっつめ髪の地味な事務社員に扮しているから、あまり社内では目立ちたくない。

伏し目がちにおどおどするフリをする。

社内でも美人と評判の高い瑠璃子は、玲子の全身を値踏みするように見てから、

「また、あなた……確か桐野さんよね。ホント、わざとぶつかってきてるんじゃないの？」

と、睨みつけてきた。

（まだ根に持ってるワケ？）

以前、社員食堂でぶつかったときに、彼女のスーツに紅茶を垂らしてしまったことがある。

そのときもえらい剣幕で、クリーニング代を請求してきたのだ。

「あなたみたいな地味な人は、もっと端っこ歩きなさいよ」

そう捨て台詞を吐いて、瑠璃子が去っていく。

瑠璃子の両隣にいる取り巻きみたいな派手な女子社員たちが、こちらに見下したような笑みを見せるのも癪《しゃく》に障《さわ》る。

（玉《たま》の輿《こし》狙いで四和にいるくせに。最低なヤツら）

ルックスもプロホーションも負けてないんだからと、玲子が妙な自信を持っ

て脚立を肩に担ぐと、桃香《ももか》がやってきた。

桜木《さくらぎ》桃香。

同じ特命社員で、玲子のアシスタントだ。

ショートヘアに大きな目の可愛らしい二十六歳だが、元ヤンキーらしくメイクは派手だ。

「姉さん、もしかして電球替えですか？　そんなの私がやりますから」

いつもどおり、桃香が頭を下げてくる。

「いいわよ、こんなの誰がやっても。それより姉さんはやめなさいって、言ったでしょう」

言うと、桃香はまた恐縮し、

「すいません、姉さん」

と、頭をかいた。

「いいわ。それより奥山のことはわかった？」

脚立を担ぎながら歩いていると、桃香が小声で伝えてくる。

「調べてみたんですけど、常務の平田《ひらた》が何度か奥山に声をかけてきたって」

「は？　平田常務が？」

玲子は「うーん」と唸った。

常務の平田は、ロマンスグレーの紳士で、社員のことを気にかけてくれるともっぱらの評判なのだ。

「あの温厚な常務が、主犯ねえ……」

「でも、ああいう温厚そうな男が、裏であくどいことをやってるかも」

「まあそうかもねえ」

「ああそうだ。あと姉さん、それと……」

会話していると、前から奥山が歩いてきて、玲子は心臓がとまるほどに驚いた。

(大丈夫よね……)

先日の清楚な人妻の装いとは違い、今は分厚くて大きな眼鏡と、適当なひっつめ髪で地味な事務社員に化けている。

胸もボリュームを抑えるブラをしているし、身体のラインが出ないように、ワンサイズ大きめのブラウスとタイトスカート、それにピンクのベストを身につけている。

すれ違うときに、ちらりと奥山が見た気がしたが、どうやら「礼香」とは気づかなかったようだ。

ホッとすると同時に、あんな男に身体をまさぐられたと思うと、身体がカアッと熱くなってくる。

「囮だったら、私にいってもらえれば」

元ヤンの桃香が奥山の後ろ姿を睨みつけながら言う。

「いいわよ、別に。それより何か話の途中じゃなかった?」

言うと、桃香は「あっ、そうだ」と思い出したように目を開いた。そんな仕草は元ヤンとは思えぬほど可愛い。

「黒川さんが、キャリア人事室に来てくれって」

「あっ、そう。じゃあ、電球変えたら行こうかしら」

だいたい黒川がちゃんと調べないで話を持ってきたから、面倒なことになってきたのだ。

少しぐらい待たせてもバチは当たらないだろう。

キャリア人事室に戻ると、黒川は椅子にふんぞり返って、缶コーヒーを灰皿代わりにして煙草を吸っていた。

「禁煙って言ったじゃないですか、もう」

玲子は顔をしかめつつ、窓を開ける。

黒川がじろりと目を剝いた。

「何を言ってる。待たせるからだろうが」

そう言うと、黒川は煙草を缶に押しつけ、また新しい煙草に火をつけた。

「奥山のバックに誰かいるなんて、聞いてなかったですけど」

冷たく言うと、黒川はごまかすように煙草の煙を吐き出しながら派手に噎せてみせてきた。

まったく、と玲子はため息をつく。

「他の人間も関わっていたなんて想定外です。危険手当さらに要求しますよ、黒川さん」

玲子が鋭い声で言うと、黒川は強面《こわもて》の顔をしかめて、

「うーん……仕方ないか」

と唸った。

「でもな、玲子。バックにいるヤツがあぶり出されてよかったじゃないか。手間が省けただろう。そいつがもし四和の社員なら、一緒になんとかしてくれ」

「ホント、適当なんだから」

ぴしゃり言うと、黒川がフン、と鼻を鳴らしてとぼけた顔をする。

こういう人を食ったような性格は、まさに裏商売の男という感じだ。

今でこそ天下の四和商事の営業部長という肩書きだが、黒川は元々、総会屋の大立て者だった。

飄々《ひょうひょう》としているが、時に強面の顔ですごんでくる。

元は反社組織の人間ということがよくわかるので、玲子も心から黒川を信頼しているわけでもない。

「それで……奥山にはヤラれたんか？」

黒川が声を低めてきた。

玲子は顔を熱くして、机を叩いた。

「ヤラれてません！　写真を撮られたし、身体中舐められたりしたけど……あー、気持ち悪いっ。また思い出したじゃないですか」

地味な事務服に隠された、ふくよかなボディを震わせる。奥山の名前を聞くだけで気分が悪くなる。

黒川は「ほう」と感心した声を出す。

「奥山たちも律儀なもんだなあ。今回の獲物はいい女だから、最初はボスがいただくってことで、それに従ったのか」

「そうらしいですね。他の女の子たちは、先に奥山たちに味見されたみたいですから」

由美が言っていたことだ。

話しているだけで怒りが湧いてくる。

「で？　奥山たちから、その後に連絡はきたのか？」

「きましたよ、メールが。あの日は終わった後、公園のベンチに寝かされてましたからねえ。私は意識があったけど、意識がなくなった女性が、起きたら公園のベンチって不安だったでしょうね。そこに追い打ちでレイプした動画があるって言われたら、怖くて警察なんかいけませんよ」

弱い女性の立場を話すと、黒川は渋い顔をする。

「なるほどなあ。で、今度はその女性たちをスタジオに呼び出して、本格的にハメ撮りして動画を売るってわけか。この犯人が四和の社員、なんてことが表に出たら、株主総会でこっぴどく叩かれるし株価にも影響する。なんとかしてくれ、頼むぞ」

「わかりました。ちなみにさっき言った手当、ちゃんと考えてくださいね。奥山以外の男も追うんですから」

「がめついなあ。わかってるよ。それより、あれは考えてくれたのか？」

「あれ？」

黒川が卑猥《ひわい》な指の形を見せてくる。

玲子は、何度目かのため息をついた。

「仕事以外ではヤラないといったはずです。仕事でもヤリたくないけど」

「そこはなんとかならんか。頼む。一回だけ」

強面の男が鼻の下を伸ばしている。

黒川を憎めないのはこういうところだ。

「じゃあ、おっぱいぐらい触らせてあげましょうか？　片方十万」

黒川は「アホか」と呆《あき》れる。

けっこう本気の金額だったんだけどなあ。まあいいか。

2

奥山のメールで指定された場所は高級ホテルの一室で、そこに夕方の六時に来るように言われていた。

セレブな人妻、礼香に化けた玲子は、セミロングの艶髪を緩やかにカールさせ、淡いピンクのニットと膝丈のミニスカートという清楚な格好だ。

ピンヒールで闊歩《かっぽ》しながら、ホテルに向かっていた。

（それにしても、どういうことなのかしら……）

玲子に届いた脅迫メールはこうだ。

『恥ずかしい写真を旦那に見られたくなかったら、指定する場所に行って、そこにいる男に抱かれること。警察などに駆け込むなどおかしな動きがあれば、ネットを通じてあっという間に奥さんの裸は拡散するからな』

だいたいこんな内容で脅されたわけだが、どうも他の被害者の女性が話していたときと内容が違うのが気になっていた。

彼女は、写真スタジオに呼ばれてハメ撮りされたと言っていたのだ。

(なんで私だけ、こんな風俗嬢みたいなことをさせるのかしら)

部屋に入る前に、玲子はスマホで桃香に電話をかけた。

「どう？　奥山の様子は」

『動きはじめました。そのホテルに行くみたいです』

「ありがとう。じゃあそのまま続けて」

不安を感じつつも、部屋を小さくノックする。

ドアが開いた。

中から出てきたのは、やはり常務の平田だった。

(マジ？)

内心で驚くも表情には出さなかった。向こうは玲子の素顔を知らないのだから、初めて会う風を装った。

「おお……写真で見るより美人だねえ。さあ、入って」

腰にまわされた手がヒップを撫でまわしてきて、ゾワッとする。

(やっぱり、常務もつながってたのね)

常務の平田にはそれほど悪い印象がなかったので、残念だ。

それよりも、なぜ常務クラスがこんなことをしているのか、そして本当に奥山たちとつながってるのか、さらには他にもいないのかと、探らねばならぬことが多くある。

部屋に入る。

奥にはキングサイズのベッドがあり、平田は先にベッドの端に座って、玲子を手招きした。

「いやいや、無理してお願いしてよかったよ」

平田は悪びれもせずに服を脱ぎはじめる。

(無理してお願いって、どういうこと？　まさか社内売春までしてるんじゃないでしょうね)

今の平田の言葉から察するに、誰かに「お願いした」と聞き取れた。

（奥山と平田では、社内の地位が違いすぎて接点なさそう。やはり真ん中に誰かいるわね、これは……）

誰が一体……。

しょうがないわ、常務に訊いてみますか。

脅迫されている人妻を演じる玲子は、意識を切り替えて不安の色を浮かべるような演技をする。

「あ、あの……私……どうしたら」

身体をぶるぶると震わせて、恥じらいの色を浮かべる。

「ククク、奥さん、初々《ういうい》しいね。こういうのは初めてかい？」

「あ、はい……あ、あの……写真は返してもらえるんですよね。あれが主人にバレたら……」

消え入りそうな声で言うと、全裸になった平田が、両足を開いてまたベッドに座った。

「それは奥さん、連絡してきた男と話してくれないかな。私は単なる客なんだよ。さあ、よろしく頼むよ」

平田が自分の股間にあるたぎったモノを指差した。

舐めろ、ということらしい。

（客ねえ……しかし、シャワーもなしなのね。女性をなんだと思っているのかしら……）

ビンタのひとつもしたいところだが、捕まえるのはまだだ。

この男からいろいろ聞き出さなければならない。

玲子は恥ずかしそうにしながら、やがて決心したフリをして、平田の開いた両脚の真ん中にしゃがみこんだ。

（くっ……）

どす黒いイチモツがビクビクと動いている。匂いもすごい。

平田は確か六十歳近いはずだが、それがこんなにも元気だということに、驚《きょう》愕《がく》する。

（色ぼけジジイっ……紳士面して……）

心の中で悪態をつくも、そんなことは表情には一切出さず、脅迫されていやいやさせられる人妻を演じ、しおらしい顔をする。

「しかし、美人だねえ、奥さん、三十二歳だったかな？　旦那さんには週どれくらい、抱かれてるのかな」

平田がイヒヒといやらしく笑う。

会社では見せない、いやらしい表情に怖気が走る。平田は戸惑う玲子の右手を取って無理矢理に肉竿を握らせる。

「あっ……！」

「フフッ、この年のわりに大きいだろ？　ほら、旦那とはどれくらいの頻度でセックスをしているのかね」

平田はしつこく訊きながら、玲子の右手に自分の手を被せ、シゴくようにと上下に動かしてくる。

（あぁんっ……やだっ……もう……）

手のひらが、平田の勃起の表皮をこすりあげる。ビクビクと脈動する男根の感触が気持ち悪くてたまらない。

（硬いわ……信じられない）

「旦那とのこと教えてくれないか。写真が欲しいんだろう？」

　平田はニヤニヤしながら、訊いてくる。

（悪趣味ねえ）

　ただ抱くだけでなく、旦那を裏切ることへの後ろめたさも植えつけるやり方は虫唾《むしず》が走る。

「今は……週一くらいです」

「ほお、三十二歳で。結婚は何年目かね？　週一とは、なかなか旦那とは仲がいいじゃないか。今晩はあれかな、私に抱かれたことを忘れるために、旦那にしてくれと、せがむんじゃないかね」

「い、言わないで……言わないでください」

　貞淑な人妻を演じる玲子は、悲痛な叫びを漏らす。

（まったく……ホントに悪趣味だわ）

　つき合ってられないとばかりに、平田の勃起の根元を握り、ゆるゆるとシゴいてやる。

「おお……いいぞ、奥さん。そうそう、ねちっこくやってくれ。最近さすがに遅漏気味でなあ。しかし、あんたみたいな色っぽくて美人の奥さんがこんなことするなんて、フフッ、いろいろ大変なんだなあ」

玲子は勃起をシゴきながら、平田の台詞を聞いてムッとした。

(あなたたちが恥ずかしい写真を餌にして、脅しているんでしょう？　絶対に許さないから)

イイ思いをするのも今だけだ。

絶対に悪事を白状させてやると心に誓う。

「そろそろ咥《くわ》えてくれないかね。人妻なんだから、やり方はわかるだろう？」

平田は鼻息を荒くして、ひざまずく玲子をニヤニヤしながら眺める。

玲子は淡いピンクのニットと極端には短くないミニスカートという清楚な格好だ。その格好のまま、恥じらいつつ平田の股に顔を近づけていく。

そして大きく息を吸ってから、おもむろに唇を大きく広げ、思い切って硬いモノを唇の中に招き入れた。

「ンッ……ンンッ……んぅぅん……」

くぐもった鼻声を漏らし、平田の肉竿の先を咥えて、舌先でぺろぺろと舐めてやる。

「おおおっ……い、いいぞ、奥さん……」

ベッドに座り、素っ裸で大きく脚を開いた平田は、気持ちいいのか腰を震わせながら玲子の頭を撫でてくる。

(好きでもない男に頭を撫でられるなんて……)

屈辱だった。

しかし、自分は四和商事の特命社員である。

いやでいやで仕方ないが、これは仕事だ。油断させるためにも平田を悦《よろこ》ばせてやらないといけない。

勃起を手でシゴき、裏筋を舌でねっとりと刺激した。

「おううっ、たまらん……素晴らしいよ、奥さんっ。見た目は清楚で、あまり経験もなさそうだが、うまいじゃないか」

平田が両脚を震わせて、腰を突き出してきた。

むあっとするホルモン臭と汗の臭い、それに塩っぽい味が不気味だ。

男に主導権を握られるのはいやだと、積極的に舌を使う。

勃起の根元から切っ先まで、ツウーッと舌で舐めながら、さらには尿道口にあふれた先走りの汁を、口をつけてすすり飲んでやる。

「くおおっ……」

かなりよかったのか、平田が身悶《みもだ》えした。

メタボ気味の六十男の身悶え姿なんか面白くもないが、フェラチオの手応えを感じると、少しはやる気も出てくる。

勃起を握って軽くシゴきながら、張り出た亀頭冠の部分を舌先でくすぐりつつ、上目遣いで平田を見る。こうすることで、男の征服欲が満たされるのもわかっている。

「おおっ……いいな。奥さん、おとなしそうな顔をして、意外と積極的なんだなあ」

平田がニヤニヤと笑って、見下ろしてくる。

玲子はつらそうに眉根《まゆね》をひそめ、首を左右に振ってイヤイヤした。

演技である。

しかし平田は、

「可愛いな、奥さん。ほら、そろそろ奥までぱっくりといってくれ」

もうガマンできないという風に、肉竿をヒクヒクさせつつ言う。

（仕方ないか……）

玲子は大きく口を開けて奥まで呑み込み、ゆっくりと顔を前後に打ち振りはじめるのだった。

3

「おおっ……！」

平田はベッドの端に座ったまま、あまりの気持ちよさに天井を仰いだ。

これほどまでにキレイな奥さんが、自分のイチモツを舐めている。

見ているだけで、身体が打ち震えた。

（たまらんな……この奥さん……）

目鼻立ちはくっきりとして、肌は抜けるように白い。

スレンダーではあるが、バストやヒップなど男の欲しいところはボリュームがあり、三十路《みそじ》過ぎの脂の乗ったボディは今までにない極上品だ。

(これは久し振りの上玉だな。いや、今までナンバーワンか)

写真を見たときから、これは……と狙いを定めていた。

奥山が飲み屋でひっかけた女だと聞いていたが、こんな高めの女を罠にハメることができるなんて。

四和商事の取締役として、イベントなどで人気のモデルや女優と会うこともある。

だがこの奥さんは、それに引けを取らぬルックスなのだ。

「んっ……んんんっ……ぅんん……」

人妻は恥ずかしそうに目の下を赤らめながら、懸命におしゃぶりをして、分身の根元をシゴいてくる。

(しかも、この美貌で奉仕好きとはな。清楚な雰囲気なのに、意外と好き者なのかもしれん)

最初はいやいやと狼狽《うろた》えていたものの、しばらく肉棒を触っていると、裏筋やら亀頭のエラの部分やら、男の感じるところを自分から舐め出した。

もともと好き者なのか、旦那に仕込まれたのかはわからないが、フェラテクはなかなかのものだ。

「ん、んふっ……」

人妻はわずかにえずき、苦しげな顔で見あげてきた。

（おお……）

もともとが端正な顔立ちだから、つらそうな表情もやけにそそる。

こんな上品な奥様に、イラマチオさせたらどんな顔をするのか。今まではあまり考えたこともないが、そんな嗜虐心《しぎゃくしん》すら芽生えてくる。

再び深く頬張ってきた。

（くおおう……）

柔らかくてぷにぷにした唇が、怒張の表面をずり、ずり、と、こするのがたまらなく気持ちいい。

さらにグッと奥まで咥えられて、チューーッと吸いあげられる。

魂まで吸い取られるような快感が押し寄せてきた。

「ううむぅ……んんっ……んむうう……」

人妻は、くぐもった鼻息を漏らしながら、懸命に平田の勃起を舐めしゃぶっている。

(しかし、うまいな……この奥さん)

ベッドに座った平田は、自らの脚の間にしゃがむ礼香の咥え顔を見る。

ぷっくりした唇でペニスの表皮をシゴくだけでなく、咥えながら舌でぺろぺろと亀頭冠を舐めたり、ときおりチューッとガマン汁を吸いあげたりするのである。

見た目だけでもエロいのに、さらにこのテクだ。

興奮が募るのも当然だった。

(こんなに昂ったのは久しぶりだぞ)

性欲は人並み以上にはあると思うが、さすがに年齢のこともあり、このところは性力の衰えを感じていた。

だが、この礼香という奥さんの美貌とテクで、ペニスは若い頃のようにギンギンと勃起している。

まるで若返ったような気持ちで、平田はイチモツを誇示していた。

（しかし、うまくやってるなあ）

あの男が、こんな大胆なことをするなんて。

平田は改めて、四和には面白い社員もいるもんだとほくそ笑んでいた。

4

「ううん、ううん」

玲子はさらに鼻息を弾ませ、懸命なおしゃぶりをしかけていた。

いつしか清楚で初々しい奥さんの顔から、性的な欲求をぶつけてくる人妻の顔へと変貌していた。

いやらしい顔になっているのが、自分でもはっきりわかる。

（なんて硬くて大きいの……）

相手は六十手前の還暦近い男だというのに、おしゃぶりをしているイチモツは、若々しくて硬くみなぎっていた。

（いやだ……私……）

特命社員としての業務のはずであった。

だが先日、眠ったフリをしている最中に、奥山に身体中をまさぐられてからは、ひどく身体が疼くようになってしまっていた。

「むうっ……むううっ……」

大きく口を開け、みずから前後に頭を振り、積極的なフェラチオに没頭しはじめていた。

唇で肉竿を締めつけつつ、ゆったりとスライドさせていく。

平田も気持ちいいのか、座ったまま玲子の後頭部をつかみ、深く切っ先を喉に押し込んでくる。

喉奥が押し広げられ、

「ンググ……」

と、苦しげな呻《うめ》きを漏らしながらも、身体が熱くなっていく。

(ああん、どうして……)

屈辱的な仕打ちを受けても、異様な昂りが玲子の中で渦巻いている。無理矢理に喉奥まで咥えさせられて、それでも、カリのくびれに舌をからませて舐めてしまうのだ。

「おおっ、い、いいぞっ。その舌のからませ方」

平田は鼻息荒く、喘いでいた。

温厚な紳士そうな顔の下で、サディスティックにいたぶるのが好きな性癖だったのか……。

だがいやだと思うのに、亀頭をずっぽりと咥え込んでしゃぶっていると、従いたくなるような気持ちが増していく。

不快な男の、鼻をつまみたくなるようなホルモン臭や、苦みのある味をこれでもかと食らわされているのに、だ。

「おおう、奥さん。たまらんな。清楚だと思っていたがまるで淫乱女だ」

言葉でも辱《はずかし》められ、ますます身体の熱がひどくなっていく。

淡いピンクのニットとミニ丈のスカートという格好の内側では、じっとりと汗がにじみ出ていた。

じれったいほどの熱さをどうにかしようと、ますます舌の動きに熱が入ってしまう。

アイスキャンディーのようにねっとりと舐め尽くし、吸引を強めていく。

夢中で頬張りながら、そろえた両の踵《かかと》の上に置いたヒップを、悩ましげにくねらせてしまうのが恥ずかしい。

「くくっ、奥さんはマゾらしいなあ。いいぞ」

後頭部を押さえつけながら、平田がうれしそうに言う。

そんなことは思ったことがなかったが、そうなのかもしれないと、うっとりした意識の中で思いはじめていた。

咥えたまま見あげた中で、平田の勝ち誇る顔に、玲子は媚《こ》びたくなった。

(い、いけないわ……)

なのに、身体が疼いてたまらなかった。

勃起を口から外し、肉竿にねっとりと舌を這わせながら、

「ああん……素敵っ……すごい大きいっ……」

と、瞳をうるうるとさせつつ、媚びた台詞を思わず口にしてしまう。

半分は演技で、半分は本心からであった。

「ああ……私……もう……こんなにスゴイのをおしゃぶりしてたら……」

たまらなかった。

媚びた目をしながら、指をスカートの中に持っていってしまう。

パンストとパンティ越しの秘部に触れただけで、

「ううぅんっ……」

と、再び咥えたままオナニーをして、妖《あや》しく声を漏らしてしまう。

平田が驚いた目をしていた。

淡いピンクのニットと、ひかえめな長さのミニスカートという清楚な人妻が、そんなエロいことをはじめたのだから、確かにびっくりするだろう。

(こんなの恥ずかしいっ……で、でも……)

したくてたまらなかった。

これは平田を油断させるためよ、そう思っても身体は正直だ。

勃起を口から離すと、

「お願い……ああ……私のも……私のも、舐めてください」

と、ついには自分からおねだりしてしまう。

恥ずかしいが、どうしようもなかった。

《なんてエロい奥さんなんだ》

と、いうような感じで、平田の目がうれしそうだ。

恥辱の業火《ごうか》にチリチリと焼かれるようで、ますます身体の奥から火種のように官能に炙《あぶ》られる。熱い疼きがとまらなかった。

「フフフ、それなら奥さん。お互い舐めっこしようじゃないか」

平田がニヤニヤしながら提案してくる。

玲子は目の下をカアッと赤く染めて顔を伏せた。その言葉だけで、平田が何をさせたがっているかわかったからだ。

「さすが三十二歳の人妻だ。何をするかわかったんだな。ククッ、それなら話は早い。さあパンティを脱いで、私の顔を跨《また》ぎたまえ」

眉をひそめる。

裸になって男の顔を跨ぐなど、今までしたことがない。

だが囮を続けるならば、それも致し方ないこと……というよりもだ。今は欲情を隠し切れないでいる。

男の熱い舌や指で、骨の髄までとろけさせて欲しい。それが例え望まぬ男の愛撫であったとしても欲しかった。

しゃがんでいた玲子は立ちあがり、後ろを向く。そして震える手をスカートの中に入れて、おもむろにパンティを下ろしはじめる。

パンティを爪先から抜くと持ってきた鞄にしまい、太ももを恥ずかしそうによじらせながら平田を見つめた。

「いいぞ、奥さん。それじゃあそのまま、私を跨ぐんだ。シックスナインの体勢だ。わかるだろう？」

平田はそう言い放つと、素っ裸でベッドの上に仰向けになる。

玲子は燃えるような羞恥《しゅうち》を感じながらも、やがてハアと大きなため息をついて、ゆっくりした動作でベッドにあがっていく。

(ああん……仕方ないの。欲しいのよ)

自分にウソはつけなかった。

これも仕事と思いつつ、火照らせた身体で平田の上に乗って、尻を平田の方に向けていく。

そのとき、ふわりと自分の発情した臭いが漂ってくる。

ノーパンのスカートの中は、ぐっしょりと濡れているのがはっきりとわかった。

5

(おお!)

あまりの絶景に、平田は仰向けのまま、大きく目を見開いた。

恥ずかしそうにミニスカ、ノーパンで跨いでくる人妻の尻が、想像以上に大きくて息苦しいほどの目眩《めまい》を感じたのだ。

(なんていいケツだ……くうう、たまらんな)

ミニスカをぺろりとまくれば、丸々とした尻たぶが眼前にあり、その底には赤い果実を割ったような、いやらしいスリットが見えている。

三十二歳の人妻の股間から、濃厚すぎる女の臭いが漂っていた。

発酵したチーズのような匂いだが、たまらなくそそる濃い性臭だ。

ワレ目からのぞく赤い媚肉は、すでにぬらぬらとしていやらしく光り、熱気と湿り気が、臭いをさらに強烈なものにしている。

「奥さん、ククク ッ、ホントに好きものなんだなあ……フェラしただけでこんなに濡らして。おま×こがいやらしい汁でびっしょりだぞ」

「ああんっ……い、いやっ……言わないでっ」

人妻、礼香はシックスナインで顔を跨ぎながら、恥辱の声を漏らす。勃起を握っているのだが、おま×こをじっくり覗かれているのが恥辱なのか、握ったまま微動だにしない。

「フフッ、恥ずかしいのかね。もっと見てやるぞ、奥さん」

平田は息を呑み、目の前にある礼香の尻たぶを両手でつかんで、ぐいっと左右に割りさいた。

「あああ……！」

礼香が悲鳴をあげ、ぶるぶると身体を震わせた。

平田はおかまいなしに人妻の尻割れの奥をジロジロと凝視する。

おま×こだけでなく、尻の狭間にある禁断の排泄穴……蘇芳色《すおういろ》のおちょぼ口までも実に麗しい。

ここは別の日に入れてやろうと思いながら、平田は女の恥部に顔を寄せ、ぺろり、ぺろりと舌でなぞりあげる。

「あああっ……」

するど、上に乗っている礼香の身体がビクッ、ビクッと震え、ヒップが目の前で妖しくくねる。

「やっぱり感じやすいんだねえ、奥さん」

平田が舌を這わすだけで、人妻の尻たぶはキュッッと締まって、新鮮な蜜があふれてくる。

「ああん、ふ、普通です」

「普通には思えんがねえ。ククッ」

匂いもそそるが、締まりもよさそうなおま×こだった。

平田はゾクゾクしながらも、さらに人妻を追いつめようと、シックスナインの体勢でワレ目に舌を這わせていく。

(三十二歳の人妻か……キレイなもんじゃないか)

ノーパンで跨いでいる人妻の尻が大きくてエロいのに加え、人妻にしては使い込んでいない女の園に、改めてうっとりしてしまう。

平田は礼香の恥部に顔を寄せていき、ぺろり、ぺろりと狭間を舌でなぞりあげる。

そのたびに人妻は、

「あっ……あんっ……あんっ……」

と、悩ましい声をあげて、全身を色っぽく淫らにくねらせている。

人妻を上に乗せたシックスナインだが、彼女の方は感じてしまって、フェラチオもできない様子であった。

(ククッ。可愛いじゃないか。感じすぎて、どうにもできないとはな)

続けざま、ねろねろとスリットに舌を這わせてやると、奥から塩気の強い新鮮な蜜があふれてくる。

さらに平田は上部に息づいている真珠色のクリトリスも、舌先でねぶっていく。

すると、

「あんっ！　ああっ……あああぁッ……」

やはり陰核は相当に感じるようで、人妻はひときわ甲高《かんだか》い声を漏らして、肉竿をギュッと握ってきた。

「奥さん、舐めっこだぞ。ほおら、しっかり舐めてくれ」

平田が言うと、今まで感じきっていた人妻もようやく少し落ち着きを取り戻したのか、シックスナインの体勢のまま、ゆっくりと肉竿の根元を持ってシゴきはじめてくる。

「いいぞ、ククッ……」

礼香が勃起をシゴくたびに、目の前にあるデカ尻が、くなっ、くなっ、と揺れている。

まるで誘うようなヒップの動きを見せつけられて、もっと舐めてやろうかと思ったときだった。

礼香の舌が、平田の敏感な鈴口を、ねろねろと舐めてきた。

「おおっ……！」

平田は思わず、だらしない声を漏らしてしまった。

油断していたのもあるのだが、清楚な奥さんがそんなところを舐めてくるとは思わなかったのだ。

（さっきのフェラより大胆じゃないか。おま×こを舐められて興奮したか？）

さらにだ。

人妻はペニスの切《き》っ先《さき》にチュッとキスをすると、唇をつけて、ずずっ……とあふれ出たガマン汁をすすりはじめた。

「くっ」

平田は思わず腰を浮かし、身震いした。

戸惑っていると、今度は一気に切っ先を飲み込まれて、今度は平田の方がクンニできなくなってしまう。

（ホントにスケベだな、この奥さん）

亀頭部が温かな潤みに包まれた。

「うんぅぅ……ぅんん……ぅんん……」

上になった人妻は、鼻息を弾ませて咥えながら舌を使いはじめる。

ゆったりと顔を打ち振り、ねろりねろりと舌で鈴口をくすぐってきて、さらには勃起を口から外して、根元を握りながら裏筋を、ねろーっ、ねろーっ、と舐めつけてくる。

「……くううっ……すごいな奥さんっ……たまらんぞ」

もはや平田は、目の前にある魅惑的なヒップを愛撫することもできず、こみあがってくる快楽に身を任せるしかできなかった。

そのうちに、人妻の手は平田の玉袋までも愛撫をしてくる。

「おおう……」

二個の玉が人妻の手で、こりっ、こりっ、と転がされると、あまりの気持ちよさに射精への渇望がグンと高まっていく。

「い、いいぞ……奥さん」

いつしか平田は満足にしゃべることもできず、ベッドで仰向けになったまま身をよじって、シーツを握りしめていた。

「ああん、このオチン×ン、すごい反《そ》り具合……」

信じられなかった。

人妻は興奮に声をうわずらせながら、今度は一気に、根元までを咥え込んできた。

「くううっ……」

下半身がとろけるような気持ちよさが、せりあがってくる。

「ぅんん、ぅんんっ……」

鼻息を弾ませながら、人妻はいよいよ本格的にそそり勃つものを舐めしゃぶってきた。

口中で大量の唾液を分泌させて、じゅるる、じゅるるる、と吸い立ててくる。

さらには唇を滑らせ、舌でねろねろと敏感な鈴口をくすぐるのも忘れない。

（なんてテクだ……お？）

シックスナインで上にいた人妻は、上体を起こすと、淡いピンクのニットに手をかけた。

こちらから指示もしないのに服を脱ぐというのは、相当に興奮してきた証拠だろう。

（男の性器を口に入れて舐めしゃぶるだけで、こんなに昂るなんてな。こんな美人でセックス好きは、かなりの掘り出しものだぞ……おおっ）

人妻のストリップをじっくり眺めていた平田は、目を大きく見開いた。

ニットを脱ぎ、両手で背中のホックを外してブラジャーも抜き取った礼香が、見事なまでにたわわなバストを披露してきたからだ。

「おおっ、奥さん、すごいな……その巨乳は、何カップっていうんだね」

目を爛々《らんらん》と輝かせて訊くと、礼香は恥じらいながらも、

「え、Fカップ……です」

「Fか。なんてデカさだ。たまらんぞ……」

スレンダーな裸体にFカップの巨乳、そして意外なほど豊満な下半身……。

「フフ、いいぞ。スカートも取って全裸になるんだ」

命令すると、顔を真っ赤にしていた人妻は、平田の上から降りて、ベッドの上でスカートのホックを外しはじめるのだった。

6

すでにパンティは脱いでいたから、スカートを外すと人妻は一糸まとわぬフルヌードになった。

三十二歳の人妻とは思えぬメリハリのあるグラマーなボディが素晴らしく、平田は珍しく気後れしてしまう。

ぼうっと見ていると、美人妻は平田の上に覆い被さってくる。

「ああんっ、もうたまらないわっ……オチン×ン舐めたら、興奮して……もっとしてあげたいんですっ」

耳元でねっとりとささやいてから、人妻は平田の乳首を舐めはじめてきた。

「おおう……」

いやらしいとしかいいようのない絶妙な舌遣いで乳首を責められて、平田は全身を熱く火照らせ、脂汗をにじませながら身悶える。

「くっ……」

人妻がFカップのたわわなバストをギュッと押しつけながら、乳首をさらに舌で転がすようにねろねろと舐めてくる。

乳首だけでない。

首筋や耳までも舌を這わせてきて、空いた手で勃起をシゴいてくる。

（こ、これはたまらんっ……なんなんだ、この奥さんはっ）

最初はこんな清楚な奥さんが、いろいろ仕込まれていって可哀想にという憐《れん》憫《びん》にも似た気持ちと、自分でも仕込んでみたいという支配欲が合わさり、嗜虐的な気持ちで昂っていた。

しかしだ。

今はもうこのままこの奥さんの手で、快楽に導かれたくなっている。

「可愛いわ。感じやすいのね」

人妻は妖艶な双眸《そうぼう》をウルウルさせて、上目遣いに見つめてくる。その色っぽさに平田の興奮はますます募るばかりだ。

「くうう、お、おい、そろそろ頼むよ……跨がってきてくれ」

もうガマンの限界だ。

平田は情けない声を漏らした。

(これじゃあ、形勢逆転じゃないか)

無理矢理連れてこられた礼香は、ひどくいやがっていたはずである。

ところがどうだ。今は積極的に責めてきて、平田を「可愛い」とまで言う淫乱ぶりである。

彼女は平田のお願いを聞いて、満足げに微笑んだ。その笑みに小悪魔的な可愛らしさが見える。

そんな人妻のセクシーな美貌に見とれていると、礼香は立ちあがって平田の腰を跨いできた。

そのままM字に両脚を開いて、ゆっくりとしゃがみこんでくる。

「あっ……いやっ……」

彼女が恥じらいを見せたのは、黒い恥毛の下に見えているスリットが、糸を引きそうなほど愛液でねっとりしていたからだ。

この人妻は淫らなだけでなく、慎み深い部分も持ち合わせているのだ。間違いなく、いい女だった。

(くうう、他の男に抱かせたくないな。なんとか俺のものにならないか)

そんなことまで考えていると、人妻は手を伸ばしてきて勃起をつかんだ。

濡れそぼるワレ目に向かって角度を調整し、ゆっくりと両脚を広げて跨がってくる。

「ああんっ……お、大きいわっ……大きくて硬いっ！」

礼香はつらそうに眉根を歪めて、泣きそうな顔を見せてくるも、そのまま腰を落とすのはやめない。

勃起が小さな穴を押し広げ、やがて熱い肉に包まれていく。

（おおう！）

騎乗位で勃起を呑み込まれ、平田は大きくのけぞった。

（な、なんだ、なんだこれは……！）

小ぶりの膣穴の入り口がきゅうきゅうと締まり、ペニスの根元をギュッとしぼり立ててくる。

同時に肉襞が勃起に吸いつくように包み込んでくる。

密着感が、この上なくすさまじい。

（こんなことは初めてだ……）

美人妻のおま×こは、肉のひだひだが一枚一枚うねるようだ。膣への挿入感を強く感じさせてくれる。

まさに「ミミズ千匹」ともいえる名器ではないか。

（これは、た、たまらん……たまらんぞ、この奥さん。美人でスタイルがよく

て、さらに持ちものもいいとは……信じられん）

挿入の興奮に身体を震わせていると、腰を落としきった礼香が、濡れた唇を戦慄《おのの》かせながら、股間を押しつけて動かしてくる。

「はあぁっ！　いい、いいわっ……」

清楚な人妻の仮面を脱ぎ去った人妻は、もう、性欲の塊《かたまり》のようだった。

ぐいぐいと淫らに腰を振り立ててくる。

腰を前後させるたびに、ずちゅ、ずちゅ、と猥褻な肉ズレ音をまき散らし、性器と性器がこすり合わされる。

「くううう！」

下になった平田は奥歯を食いしばった。

摩擦があまりに気持ちよく、早くも耐え難い射精欲がこみあげてきて、ペニスの芯が痺れてきたのである。

全身が燃えるように熱い。

何も考えられない。

まるでセックスを覚えたばかりの若者のように、頭の中では射精することしか考えられなくなったときだった。

人妻が、ぴたりと腰の動きをやめたのだ。

平田はハッと人妻を見た。

「ど、どうしてやめるんだ。続けたまえ」

慌てて言うと、礼香が今までの恥じらい顔とはうって変わって、冷たい笑みを浮かべて直視してくる。

背筋がゾクッとして、平田は狼狽える。

礼香がウフフと笑いながら見下ろしてきた。

「ねえ、平田常務。ちょっと聞きたいことがあるんだけど……それに答えてくれたら、続きをしてあげるわ」

平田はドキッとして、唾を飲み込んだ。

ど、どうして俺の名前を知ってるんだ……。

7

「前川《まえかわ》だと？」

キャリア人事室で、黒川は訝しんだ声を出した。

横にいた桃香が「あっ」と声をあげる。

「確かに、奥山は喫茶店で前川部長に会ってました。だけど仕事かと思ってあんまり注意を払わなくて……一枚だけ撮っておきましたけど」

桃香が、デスクの上に写真を置く。

喫茶店で奥山と前川が話しているところを盗み撮りしたものだ。だが、前川があまりに地味な公務員のような風貌なので、仕事の打ち合わせをしているようにしか見えない。

「前川部長ってずっと経理畑の人ですよね。部長だけど全然存在感なくて、経理部の人間がメチャクチャ楽だって言ってましたけど」

桃香が腕組みしながら言う。

「確かにそうよねえ」

玲子も腕を組んで言う。

平田の口から社内売春の黒幕として出てきた男の名は、ひどく地味な風体の経理部長だったのだから、玲子も聞いたときはかなり驚いた。

「平田は適当言ってないよな」

黒川が訊いてくる。

「ええ、それはないと思います」

もちろん玲子も適当を言っているのではないかと、何度か問いつめた。

しかし平田の言葉にウソはなかったようなのだ。

「前川部長か……この地味な風貌は、いくらなんでもないですよねえ」

桃香は写真を見て、うーんと唸る。

黒川も「ふーむ」と難しい顔をしながら、写真を見る。

「いや、でもな。若い連中は知らないだろうけど、昔、総会屋が幅を利かせてたときは、こいつも前線に出てきてたんだ」

意外な言葉に、玲子と桃香は顔を見合わせる。

「総会屋ってヤクザですよね」

「まあ大抵はな。昔は一流企業といえば総会屋とうまくつき合うのが普通だった。他の株主やらを黙らすには、ちょうどいい存在だったからだ。前川も極道とつき合ううちにキモが座ったんだろう」

強面の営業部長は、懐かしそうに遠くを見た。

「おとなしく経理をやってるように見えるが、昔は総会屋とつるんで豪遊してたって聞いたこともある」

黒川に言われて、驚いた。

「バブル時代の話はすごいですね」

「拡声器持って怒鳴りこんでくるようなヤツもいたからな。とにかく裏の顔がある男だ。社内売春を新しいシノギと思ってやってるのかもな」

「なるほどねえ……」

そういう過去があるなら、ありえるかもしれない。

奥山を手駒にし、女をつかまえて社内の上の連中を客にして抱かせる。

シノギとしては悪くなさそうだ。

「しかし、よく平田を落としたなあ、玲子」

黒川がニヤニヤと笑っていた。

「まあ……ちょっと、先っぽだけね」

平田は五十をゆうに超える年齢の割に、立派なモノを持っていた。

もちろん、楽しませてもらうだけじゃない。焦らしに焦らし抜いて、最後には黒幕の口を割らせるほど、メロメロに翻弄《ほんろう》してやったのだ。

玲子が言うと、桃香がなぜか怒り出した。

「黒川部長っ。今度から私がやりますから。姉さんにそういう汚れ仕事をさせないでください」

「なんで玲子のことになると、そんなにムキになるんだよ。まあまあ、そのうちおまえにも仕事はまわすから」

なだめるも、桃香は今にも噛みつきそうだ。

黒川はやれやれと言いつつ、訊いてくる。

「で、どうする？　平田の話だけじゃ証拠として弱いぞ」

「うーん、まあオーソドックスなやりかたでいこうかなあ」

玲子はウフフと、意味ありげな笑いを黒川に見せるのだった。

8

営業二課の奥山は、経理部長の前川とともに平田に呼ばれて、都内の高級ホテルに来ていた。

「私は商品には手を出さないんだけどねえ」

前川はそう言いながらも、ニヤついた顔を隠せないでいる。

まあ無理もない。

あの美しい人妻、礼香を見て、ヤリたいと思わない男などいないだろう。

奥山は前川とともに、ニタニタしながら部屋に入っていく。

部屋の中央には大きなベッドがあり、平田と礼香がバスローブ姿でベッドの端に座っている。

（おおっ……）

久しぶりに見た礼香のプロポーションのよさに、奥山は圧倒された。

バスローブの胸元は深い谷間を見せており、ちらりと見える太もものムチムチさがたまらない。

（いよいよ、この人妻とヤレるのか……）

先日はクスリを盛って素っ裸にしつつも、写真を撮るだけという、なんともせちがらい命令を前川から受けていた。

もちろんただ見ているだけでなく、礼香の身体に触ったり舐めたりといったイタズラ行為をしたのだが、前川はこんな地味な風貌でも、裏社会とつながりがある。さすがに挿入する度胸はなく、悶々《もんもん》としていたのだが、こんなチャンスがめぐってくるとはラッキーだった。

「お、来たな」

常務の平田がぎこちなく笑う。

ちょっと緊張してるように見えるのは、美しい人妻と一戦を交える前の武者震いだろうか。

「どうしたんですか、常務。こんなことは初めてですよ」

前川が言う。

平田は静かに笑う。

「い、いやな。この奥さんのおま×この具合があまりにいいんでな。何人かで責めてみたら楽しいだろうと思って。それだけだ」

礼香は顔を真っ赤にして、うつむいていた。

奥山は前川と顔を見合わせる。前川はニヤッとした。

商品に手を出さないと言いつつも、礼香の美貌を目の前にして、どうやら考えが変わったらしい。

「三人がかりですか……クッ……たまりませんな。じゃあ私もシャワーを」

と、前川がバスルームに向かおうとしたときだった。

「おいおい。この奥さんは男の汗の匂いが好きなんだぞ」

平田がそう言ったときだった。人妻がバスローブを肩から落とした。

(お、おおっ！)

久しぶりに見た礼香の身体は、神々しいほど白く輝いていた。

(この身体……何度見てもスゲえ！)

バスローブを脱いだ人妻は、下に何も着ておらず、一糸まとわぬ素っ裸だった。

ツンと上向いたたわわなバストに、細くくびれた腰。

そこからムッチリしたヒップにつながる女らしい丸みが、三十二歳の熟れた人妻のいやらしさを醸し出している。

(今日こそ、この身体を味わえる……)

奥山は震えた。

経理部長の前川を見れば、口をあんぐりと開けて、礼香のヌードにもう目が釘づけだ。

まあ当然だろう。

奥山も初めてこの人妻の素っ裸を拝んだときは、見ただけで射精しそうになったほどである。

彼女がすっとベッドに潜り込んだ。

奥山も前川も、着ていたスーツやシャツやパンツを脱ぎ飛ばして、素っ裸でベッドに潜り込んでいく。

(くう、なんだこりゃ。や、柔らかい……)

前川が礼香の乳房に子どものようにむしゃぶりついている。

奥山は空いている下半身を責めることにした。

太ももや尻をねちっこく撫でまわしながら、すぐに指先を人妻の魅惑のスリットに持っていく。

すると、礼香が身体をビクン、ビクンと震わせながら、

「あっ……あっ……お、お願いっ……みなさんを相手にするから、あのクスリで昏睡させたときの恥ずかしい写真を、返してください」

人妻が悲痛な叫びを口にする。

「ククッ、返すかよ。奥さんは俺たちの奴隷だよ。これからもしっかりと客を取ってもらわないとな」

奥山は礼香の顔を見ながら、ニヤニヤと笑って言う。

「奴隷ねえ……ホント最低ね、あなたたち……」

急に礼香の口調が変わった。

顔つきも厳しいものになっている。今までのか弱い人妻と雰囲気がまるで違う。

「え？」

と思っていたら、いきなり前川と奥山のペニスに、ペニスバンドのようなプラスチック製の筒が被せられた。

「は、はあ？　なんだよ、こりゃ。おいおい、オナホかよ。こんなもん俺たちのナニに嵌めて何をする……ん？」

嵌められたカップを取ろうとして、ふたりの顔色がさあっと変わった。

カップが離れないのだ。

「お、おいっ！　奥さんッ、なんだこりゃ」

前川と奥山は勃起に被された筒を必死に外そうとした。

だが、カップは勃起の表皮にぴったりとくっついて、まったく離れない。無理に引っ張ると、チ×ポの皮が剥《は》がれそうだ。

「な、なんだこりゃ」

礼香が笑っている。

「実はね。カップの中には超強力な接着剤が塗ってあるの。特殊な液体がないと二度と外れないのよね。あとは無理矢理にオチン×ンの表皮ごと剥がしちゃうとか」

「はあ？」

「な、なんだと？」

奥山は前川と目を合わせた。

「な、何者なんだ、おまえは……！」

前川が叫ぶ。

「フフッ、私は誰でもいいわ。あなたたちが人妻たちの恥ずかしい写真や動画を撮って、それを売ったり、売春させたりしているのはバレてるのよ」

「な、何いっ……」

奥山は動揺しながらも、ハッと気づいた。

平田常務がいない。

「おいっ……常務はどこだ？」

奥山が言うと、前川もハッとしたような顔をする。

「残念ねえ。彼はもうこっちの味方なの」

礼香が言いながら、小型のＩＣレコーダーを取り出した。

「さっきの犯罪の告白は証拠として残してあるから。表に出してもいいんだけど、ちょっと事情があるから今回は勘弁してあげる。二度と卑劣なことをしないと誓うならば、そのオチン×ンのカップを剥がしてあげてもいいけどね」

「ふざけるなっ」

前川が激高して、礼香に襲いかかる。

だが女は冷静に前川のパンチを受け取ると、背中にまわしてひねりあげた。

「いててて」

奥山も人妻に襲いかかる。

簡単にいなされて、ふたり一緒にベッドに押さえつけられてしまった。そしてふたりとも、後ろ手に紐のようなもので縛られて転がされるのだった。

(な、なんなんだこいつは……)

礼香は余裕綽々《よゆうしゃくしゃく》といった様子で薄ら笑いを浮かべている。

「な、なんだよ、おまえまさか、警察か？」

奥山が言うと、女は「まさか」と勝ち誇ったように言う。

「警察なら、こんなやり方はしないわよ。残念ねえ、私は警察みたいに甘くないから。おとなしくしなさいよ。今まであなたたちが弄んだ女性たちの恨みを晴らしてあげるから」

奥山は、礼香の鋭い目つきにゾッとした。

そのときだった。

「当てててて！」

奥山は思わず悲鳴をあげた。

ペニスバンドの中で、肉竿の表面が引っ張られて痛みが走ったのだ。

（そ、そうか）

勃起した状態で接着されてしまったから、ペニスが萎《しぼ》むとその分だけ皮が伸ばされて、痛くなってしまうのだ。

「く、くそっ」

慌てて勃起させようとするが、当たり前だがこんな切羽《せっぱ》つまった状態で、ペニスを硬くさせるなどできるわけがない。

ふたりでベッドの上で
「痛い痛い」

と、藻掻《もが》くしかない。

滑稽だった。

「貴様……誰だかわからんが、俺のバックを知ってるんだろうな」

前川がすごむ。

しかし、女はどこ吹く風だ。

「さあ？　どっかの半グレか弱小の暴力団かしらね。ちなみに私のバックには仁流会がいるのよ。門倉さんを知ってるでしょう？」

礼香の言葉に、前川の顔が青ざめた。

「じ、仁流会……あの武闘派の……」

「そうよ、昔、総会屋がいたときにお世話になったんでしょ？」

奥山は前川を見る。裏社会に通じているはずの男は、戦意喪失状態だった。

「ま、待ってくれ。俺は前川さんや竜司に指示されただけだ」

なんとか助かりたい一心だった。

だが女は、蔑《さげす》んだ目で奥山を見てハアと嘆息《たんそく》した。

「私を素っ裸にして、いろいろやってくれたわねえ。あー、またムカついてきた」

　そう言うと、おもむろにふたりのペニスカップをつかんだ。

「ま、待てっ！　待ってくれ」

「や、やめろっ！　完全に接着剤でくっついてるんだぞ。つ、使い物にならなくなるっ」

　奥山は前川とともに哀願する。

　このままカップを無理矢理に引き抜かれたら、性器は血だらけになるだろう。

（し、死ぬっ……）

　何度も謝るが、女はうすら笑いを浮かべるだけだった。

「あなたたちのヤラれた女の人たちもそうやって泣いてきたのよ。観念しなさいよ。しばらくおしっこするときも地獄よ」

　そう言うと、礼香は躊躇《ちゅうちょ》なくペニスカップを引き抜くのだった。

第三章　女体オークションを解体せよ

1

玲子は自宅マンションで日課のトレーニングをしてから、シャワーを浴びようと脱衣場に行き、全裸になった。

日頃からスタイル維持には気を配っているが、三十二歳の肉体は若い頃より丸みを帯びて、ムッチリと肉感的である。

いやらしい身体つきになったという自覚はある。

まあターゲットとなる男たちを引っかけるのにはちょうどよくなってきたかもしれない。

バスルームに入り熱いシャワーを浴びる。

ボディソープを泡立てて身体にこすりつけていく。

「んっ……」

なんだか身体の内側が火照っていた。

わかっている。先日、平田にまさぐられた身体が疼くのだ。

（卑劣な男たち……そういうシチュエーションにしたとはいえ、三人で無理矢理に私を犯そうと……）

奥山と前川はまだ男性器の怪我が治っていないらしく、会社には来ていない。

まあかなり極力な接着剤でペニスの皮を剥いでやったのだから、簡単には完治しないだろう。

（いい気味だわ、それにしても輪姦なんて……）

憎んでいたはずなのに、いつの間にか玲子の脳内では、男たちに辱められる恥辱シーンにすり替わっている。

「ああっ……」

泡まみれの手を乳房に持っていき、そっと指を乳肌に食い込ませると、切なげなため息が漏れてしまう。

裏の社会に生きる特命調査室の社員であっても、三十路を越えた女であることに変わりなく、熟れた身体を火照らせて、行き場のない性欲を持てあますことが幾度もあった。

「アアッ……ンン」

シャワーに濡れて、しっとりした繊毛の奥を指でかき混ぜる。さらに縦溝に沿ってゆっくりと上下にこすりあげた。

「あっ……あっ……」

玲子の口から甘い吐息がこぼれる。

「い、いやっ……許してっ、お願い……」

三人の男たちに無理矢理犯され、それを撮影されているという妄想だ。

その淫らな妄想で昂っていく。いけないとわかっていてもダメだった。

「あん、だめっ……アンッ！」

自分の中に潜む被虐《ひぎゃく》願望に慄《おのの》きながらも、玲子はその快楽に身を委ねていき、自分の指で達してしまうのだった。

（ふわわ、眠い……なんだか昨晩はうまく眠れなかったわ。寝る前にあれはよくないわね）

玲子はファイルを両手で抱え、営業二課に向かっているところだった。

資料を届けるという名目だが、実際は、営業二課にいる課長の宮下亮治《みやしたりょうじ》という男に会うためだ。

黒川から言われたのは、宮下が最近、妙に羽振りがいいと噂されていて、何か不正に手を染めているのでないか、とのことだ。

桃香に調べさせたが、普段の勤務態度は真面目で、会社の金に手をつけているようなところもないという。

(資産家でも、副業してるってわけでもない。宝くじに当たってたりして)

簡単に尻尾をつかませないなら、直接会ってみるかと思ったわけである。

(あら……)

前から衿《えり》の立った派手なピンクのスーツを着た、会長秘書の瑠璃子が歩いてきていた。相変わらず取り巻きがいて、瑠璃子はお姫様のようだ。

分厚くて大きな眼鏡と、適当なひっつめ髪で地味な事務社員に化けている玲子にとっては面白くないが、ここはガマンだ。

「あら、桐野さん。そんなにたくさんファイルを持って大変ねえ」

瑠璃子がすれ違いざま、そう言いつつ、みなにバレぬよう、ファイルを手で押してきた。

(まったく……意地が悪い女)

瑠璃子の手が見えたのだが、あえて道化のようにわざとファイルをバラ巻いてみせる。

「キャッ」

廊下にファイルが落ちたのを見て、瑠璃子が笑った。

「まったく、どんくさいんだから」

笑いながら瑠璃子が去っていく。

やれやれと思いつつ、ファイルを拾っていると、

「大丈夫ですか?」

と、少し小太りの男が近づいてきて、ファイルを拾うのを手伝ってくれる。

(あれ、この男……営業二課の課長の宮下よね)

なんという偶然だ。

「ありがとうございます」

と、礼を言いながら、宮下の容姿をちらりと眺める。

いかにもモテない風だが、愛嬌《あいきょう》はあって確かに真面目そうだ。

（そんなに悪い人には、思えないんだけど……）

桃香が撮ってきた写真には、宮下が高級そうなクラブにいる場面が映っていた。桃香が言うには、これが何日も続いたそうだ。

いくら天下の四和商事とはいえ、課長クラスの給料では無理だ。

（どんな裏があるのかしら……）

玲子は宮下が手伝うというのを断り、ファイルを抱えて歩き出した。

考えごとをしていて、段差に引っかかり転んでしまった。

その拍子にファイルが落ち、タイトスカートがまくれて、太ももと下着が見えてしまう。

（やだっ……）

慌ててスカートの乱れを直すのだが、そのときに駆け寄ってきた宮下が玲子の太ももを見たときの顔は、なんともいやらしくてゾッとするほどだった。

（真面目だけどむっつりスケベの女好き。桃香の調べた宮下の性格はホントの

ようね。これは利用できそうだわ）
玲子は大きな眼鏡の奥の目を、きらりと輝かせた。

2

（いやあ、ここんところ運が向いてきたな……）

宮下は、ホテルの高層階のバーの入り口で、礼香が手を振っているのを見て心の内でニヤリとほくそ笑んだ。

「宮下さん、オシャレな場所をご存じなんですね」

彼女は目を輝かせて宮下を見た。

「いや、たまに夜景を見たくなるんだよ。気に入ってもらえてよかった」

「気に入りました。すごく」

そう言って、礼香は宮下の腕をつかんで身を寄せてくる。

（おおうっ！）

たわわなバストのふくらみを腕に押しつけられて、宮下は年甲斐もなく身体を熱くさせてしまう。

（こんなにも感激してくれるなんて……性格もいい子なんだな）

行きつけのバーで、酔った男に言い寄られていた女性をかばってあげたのだが、それは今までに出会ったことのない絶世の美女であった。

桐山《きりやま》礼香は三十二歳のバツイチで、元の旦那にはひどい浮気をされて、男性不信に陥っていたという。

そのバーで、彼女の元旦那の愚痴を聞いているウチに、

「宮下さんといると安心します。なんでも話せちゃいそう」

と、いい雰囲気になり、ダメ元でデートに誘ってみたら意外にもＯＫをもらえたのだった。

ふたりでホテルのバーに入る。

すでに予約していた窓際のカップルソファだ。

並んで座れるから密着できると、以前から宮下は女性を口説くときにここを使っていたのである。

並ぶだけではない。後ろに衝立《ついたて》があるから、他の客からはふたりの姿は見え

ないという利点もある。

しかも眼前には東京の夜景だ。

古くさいかなと思ったが、礼香はソファに座るやいなや、

「キレイですね」

とつぶやいて、瞳をキラキラさせていた。

（しかし、見れば見るほどいい女だ）

その美しい横顔に、宮下の心臓はとまりかけた。

さらさらのストレートヘアからは、リンスかシャンプーか、甘い匂いが漂ってくる。

切れ長の大きな目に、くっきりした目鼻立ち。

元人妻だけあって、三十二歳の成熟した色気がムンムンとしていて、見ているだけで頭がぼうっとしてしまう。

視線をちらりと下に向ければ、白いブラウスの胸をこんもりと持ちあげる生々しいふくらみも素晴らしい。

さらにはミニスカートが、深いソファに座ったことでズレあがっていて、パ

ンティストッキングに包まれたムッチリした太ももが、半ばくらいまで見えてしまっていた。

（しかし、こんなスタイルのいい美人と出会えるなんて）

運が向いてきているのは間違いない。

いや、金まわりがよくなってきたから、余裕が出てきてそれが自信につながっているのかもしれない。

「ねえねえ、あれ、都庁かしら」

礼香が指さしながら、こちらに身を寄せてくる。

（おおっ！）

ミニスカートから伸びる太ももと、白いブラウス越しのおっぱいが身体に触れてきて、宮下の股間は年甲斐もなく早くも硬くなってしまう。

もう宮下の頭の中はヤリたいマークでいっぱいになっていた。

隣に座るのは、今までとはレベルが違う高めの女である。

艶々したミディアムヘアの瓜実顔《うりざね》で、目鼻立ちも整っており、非の打ちどころがない、いい女だ。

そんな女が今、完全な無防備状態で身体を寄せてきている。

(これは今夜でも、いけるのではないか……?)

宮下は楽しげに会話しながら、礼香の反応や表情をじっくりと眺めた。

ボディタッチも多く、頼んだカクテルを一気に飲んでしまうところからして警戒心はかなり薄そうだ。

そうして、彼女は五杯目のおかわりをした。

目の下がねっとりと赤らみ、少しずつ酔いがまわって、さらに無防備になってきている。

ミニスカートの裾はさらにズリあがり、太ももがキワドイところまで見えていた。先ほどからちらちらと目に入ってきているものの、彼女は裾を直す素振りは見せなかった。

(かなり酔ってきているな……た、試してみるか……)

思い切って宮下は、会話の中で彼女のプライベートを訊いてみた。

「あなたのような美しい人が、男性不信だなんて、もったいないね」

歯の浮くような台詞を言いながら、ふいに自分の手をそっと礼香の手にわざとくっつけてみる。

「あっ、ごめん」

謝りつつ手を引っ込めると、彼女は嫌な顔をせずにむしろ「平気よ」と言わんばかりに微笑んでくる。

（いい反応だ。三十二歳なら男の下心もわかるだろうに）

十中八九、ボディタッチをまったく嫌がらない女は、宮下に好意を持っている、と思う。

（だがなあ、今までとはレベルの違う女だぞ……いけるのか……？）

と、臆していたものの、こんなハイレベルな女と知り合えるチャンスはなかなかないだろう。

宮下は思い切って、今度は大胆に礼香の太ももに手を置いた。

彼女は咎《とが》めるよう目を見せてくる。

ドキッとして、心臓がすくみあがる。

だめか……と思っていたときだ。

礼香はすぐに「やだもう……」といった感じの男に媚びいった表情に変わっ

て、宮下を上目遣いに見つめ返してきた。

(おおおっ……！　い、いけるっ……)

そのときだ。

ウフッと彼女が笑ってしなだれかかってきたから、右手が礼香の太もものあわいに忍び込んでしまった。

(ああっ)

まずい、と抜こうとするも、

「ウフフ……」

礼香は妖艶な笑みを見せて、まるでいやがったりしなかった。

(い、いいのか？)

宮下は息を呑み、震える手で太ももを撫でる。

それでもいやがらない。さらに手を動かしていく。パンティストッキングのぬめった感触や、太ももの肉のしなりを感じて興奮が募っていく。

彼女の息づかいが乱れていくのも、はっきりとわかった。

もっと大胆に動かすと、

「あンっ……」

彼女は小さな喘ぎ声をあげ、こちらに見入ってきた。

キレイなアーモンドアイが潤んでいた。

（な、なんだ？　咎めている感じじゃないよな）

いや、むしろ礼香の表情には、

「もっと触って欲しい」

という、媚びすら見えている。

たまらず宮下はさらに太ももの奥に手を入れる。

（ああ、こんなキワドイところに手を……あったかくて、柔らかくて……）

太ももで圧迫されつつも、差し込んだ右手をいやらしく動かしていくと、肉感的なムチムチさを感じた。

細身だと思っていたが、意外とムッチリした太ももの量感に、宮下の股間はさらにいきり勃ってしまう。

（た、たまらん……）

背後の大きな衝立で、ふたりの姿はまわりから見えないものの、近くに客や従業員がいるのに、こうしてイタズラしているというスリルが余計に興奮を煽《あお》ってくる。

「くっ……」

礼香が右腕をギュッとつかんだ。

いやなのかと思えば、礼香の首筋は赤く染まり、息づかいが乱れていた。

(い、いいのか？ 感じたいのか？)

興奮しつつ撫でまわしていると、彼女はじりっ、じりっと腰を揺らし、もっと触ってとばかりに寄りかかってくる。

「あんっ……宮下さんって、いやらしい……」

耳元でねっとりささやかれる。

見つめてくるその目は、さらにうるうると濡れていて、喘ぐような息づかいに変わってきていた。

嫌がるどころではない。

どうやら彼女も昂ってきたようだった。

(この人は、こういうアブノーマルなのが好きなのか？)

驚いてしまったが、ならば遠慮はいらなかった。

宮下は少しずつ、右手を彼女のミニスカートの中に侵入させていく。

すると右手が布越しの、ぐにゅっ、とした柔らかい肉に触れた。

（パッ、パンティだ……）

宮下の頭は痺れきっていた。

こんないい女とバーでイチャイチャし合っている。右手に触れるのはパンストとパンティ越しの美女の恥部である。

ドクドクと心臓の音をさせながら、クロッチ部分を指でさすると、

「あっ……あっ……」

と、礼香は顔をせりあげつつ甘い声を漏らし、それが恥ずかしかったのか、ギュッと宮下の右手をつかむ手に力が込められる。

（くうっ……可愛いじゃないか……）

どうにもとまらなくなり、人差し指と中指で、礼香の下着の上から何度も秘園をこすってやる。

さらにはこするだけでは飽き足らず、ぐっと指で押し込むと、パンティとパ

ンストの上からスリットに沿って指が沈み込んでいき、

「くぅぅ……」

礼香はビクッと肩を震わせて、さらに力強く右腕にしがみついてくるのである。

（これは、かなりの好きものじゃないか？）

ここまできたら、とさらにスカートの奥を指でいじくれば、彼女の息はハアハアとあがっていき、いよいよ締めつけていた太ももが緩んできた。

もう好きなようにしていい、そう思えるような仕草に、

（うおおっ……いいのか？）

宮下は全身の血が沸騰するほど興奮した。

もうこうなれば、だ。思いきって礼香のパンストとパンティの上端から、するりと右手を忍び込ませた。

「あっ……！」

礼香の顎が跳ねあがる。

指を入れた宮下も驚きを隠せなかった。

彼女のワレ目は、まるで油をまぶしたようにぬるぬるしていたのだ。

(少し触っただけで、こんなにもおま×こを濡らしている……)

宮下は夢中になって、指でさらに濡れたスリットを上下にこすってやる。

すると彼女は、

「ああ……あああっ……だ、だめっ……」

と、切なそうに喘いで、また悩ましい目で見あげてくる。

「だめって、もうこんなに濡らしてるじゃないか」

宮下が耳元でささやくと、彼女は顔を真っ赤にして、ふるふると顔を横に振る。可愛い仕草だった。

もっと感じさせたい。

もっとメロメロにしてやりたい。

宮下は魅惑のスリットの上部にある小さなクリトリスを指で優しく愛撫してやる。すると、

「くっ……！」

礼香は唇を噛みしめ震えながら、恥じらうように顔を伏せた。

（もっとだ）

宮下はさらにワレ目の蜜をすくって、まぶすように肉芽を優しくなぞっていく。

「くっ……んっ……ンンッ……」

本格的な愛撫に、礼香はもう声もガマンできないとばかりにじっと目を向けてきて、

「だめっ……もうだめっ……お願いっ、ここではいやっ……」

と、ついに自分からねだってきた。

「別の場所なら、い、いいんだね」

言うと、礼香は小さく頷いて、

「私……宮下さんのお部屋に行きたいの。だめかしら……。さっき、おっしゃったでしょう。ご家族とは別にマンションを借りてるって」

言われて、宮下の興奮はピークに達した。

女優と見紛うばかりの美しい三十二歳と、ついにベッドインできるのだ。武者震いがとまらなかった。

宮下は支払いをすませ、礼香を連れ立って店を出た。

ガマンできずにエレベーター内で抱きしめてキスをすると、礼香の方からも積極的に舌をからめてくるのだった。

3

「なるほど。それで、このデータを宮下のパソコンから引っ張ってきたってわけか」

黒川は、玲子が持ってきたUSBメモリーを見ながら感心して言う。

「うまいこと隙《すき》をついてね。さすがに家にあるパソコンを直接触られるとは思ってなかったみたいで、簡単にロックが外れたの」

「で？　何がわかった？」

「鍵野《かぎの》っていう男と、頻繁に連絡を取り合ってるみたい。調べたら、最近有名になってきた『ブリーチ』っていうIT会社の社長で、テレビにもたまに出てるヤリ手の若手経営者だとか」

「へえ。宮下は面白いヤツを知ってるんだなあ。地味な男のくせに」

黒川はメモリースティックを、器用に指でまわしながら言う。

横にいた桃香がメモを手に取った。

「連絡を取り合ってるくらいならいいんですけど、どうも最近、営業二課から発注が増えてて。億単位なんです」

桃香がメモを黒川に見せる。

黒川の顔色が変わった。

「億単位か……まあ新進気鋭のＩＴ会社なら、発注してもいいと思うが。その発注に宮下がからんでる可能性があるのか？」

「鍵野の会社とつき合い出してから、宮下の羽振りがよくなったみたいです。何かあるとしか思えません」

桃香が続けて言う。

黒川は渋い顔をする。

「それにしても、家族の住む家とは別に、個人で別宅のマンションを借りてるってのが信じられんな。課長のくせに」

「まあねえ。そんなに広いマンションじゃなかったけど……」

玲子の言葉に、黒川が眉を動かした。

「なんか煮え切らない感じだな。宮下になんかあったのか？」

「いや、別にないけど」

そう言いつつも、引っかかる部分があった。

確かに別宅としてマンションを借りている事実は、課長クラスとしては豪勢だと思うが、マンションの部屋は実に質素だった。

それにだ。

羽振りがいいのは間違いないのだが、どうも何かにバレないか、おどおどしているように見えたのだ。

(それが罪の意識からくるものなのか、そういう性格なのかはわからないけどね。百パーセントの悪人には思えない)

そして……。

どうも宮下のまわりに誰かがついていて、監視しているようにも思えた。

宮下自身も気づいてないようだったが、あれは確かに宮下を尾行していたと思う。

「まあいい。じゃあ引き続き、鍵野という男のことも調べてくれないか？」

黒川がさらっと言うので、玲子は思わず素直にはい、と言いかけそうになった。

「部長、それって追加の手当が必要な案件じゃありません？」

そう言うと、桃香もうんうんと頷いた。

黒川は小さく舌打ちした。

「最近、ホント、がめつくなってきてないか？」

「囮捜査は身体を張るんだから、当然そのくらいの報酬はもらわないと。いやだったら、どうぞ別の方に」

黒川は大きなため息をついた。

「まあいい。それで宮下とはヤッたんか？」

ニヤニヤと笑って顔を覗き込んでくる。

いつものセクハラまがいの質問だ。

「……答えなければなりません？」

冷たい目を黒川に向ける。

「一応上司としては、訊いておきたいところだ」

「ヤッてませんよ。急にアレがきたってことにして、逃げましたから。身持ちに硬い女にしておきたいんです。次につなげるために」

「よくそれで怒り出さなかったな」

「キスはしてあげましたから」

そう言うと、桃香が真っ赤になって、

「ひどいっ」

と、むくれた。

どうも最近、桃香は玲子に対しての好意を隠さなくなってきているようだ。

「まあそれくらいなら、いいか」

と黒川は、臆面もなく玲子の白いブラウスの胸元を凝視してくる。

半ば諦《あきら》めつつも、上司でなければ、ぶん殴っているところだ。

キャリア人事室を出て歩いていると、ちょうど前から宮下が来た。

だ。

（まずいっ）

一応、眼鏡にほぼノーメイク、ひっつめ髪で胸のボリュームもブラジャーで抑えてカモフラージュしているが、昨日ずっと「礼香」と偽って一緒だったのだ。

念には念を入れて、うつむき加減で挨拶する。

「すみません、この前はありがとうございました」

「ん、ああ、キミはこの前のファイルの……」

宮下はニッコリと微笑んだ。

どうやら玲子が礼香だとは気づかないらしい。ホッとした。

「キャリア人事室の桐野といいます。すみません、お礼もできずに」

「僕は営業二課の宮下だ。いいんだよ、お礼なんて」

と、宮下は立ち去ろうとした。

玲子はもう少し話をしようと、宮下を呼びとめた。

「あ、あの……缶コーヒー、奢《おご》らせてください」

そう言うと、宮下は笑った。

「ああ、それくらいならら。じゃあ、ご馳走になろうかな」

(いい人なのよねえ……)

不思議だった。

見れば見るほど、悪人という感じがしない。

昨日のバーでもかなり無理をしているようだった。まあスカートの中に手を入れてくるなんてイタズラしてきたのは、ちょっとムカついたが。

ふたりは二階の自動販売機コーナーに行き、玲子は缶コーヒーと缶の紅茶を買って、コーヒーを宮下に手渡した。

そばに社員専用のラウンジがあったので、そのテーブル席にふたりで座って缶コーヒーと缶の紅茶を飲む。

宮下は元気なく、何度か嘆息している。

(私に直前で逃げられたのショックだったかしら。まあ家まで行きたいと言い出したのはこっちだから、悪いことしたわ)

かといって、身体を許すわけにはいかない。

自分の身体を使うのは、どうしてもものときだけだ。そんなに安くはない。

「宮下さん、何かお疲れみたいですね」

訊いてみると、

「え？　そ、そう？」

と、宮下は眠そうに目をこすった。

「お仕事が大変とか？」

「仕事？　いや、別に……」

「じゃあ、プライベートでいろいろ？」

ちょっと突っ込んで訊きすぎかと思ったが、宮下は気を悪くした素振りもなく、ニコッと微笑んだ。

「そうだなあ。まあ大変は大変かなあ。家のローンはあるし、女房は子どもを私立に入れるってきかないし……」

彼はまた、ハアと嘆息した。

(なるほど。大変だわ。羽振りがいいってのも、ストレス発散かしら)

昨日のマンションが思い出される。

確かに別宅を持つというのは、課長クラスには難しいだろうが、それでも質素な感じはいなめなかった。

「でも、すごいじゃないですか。四和の営業課長なんて。子どもから尊敬されるお仕事でしょ？」

そう言うと、宮下は思いつめたように、缶コーヒーを凝視した。

「尊敬か、尊敬ねえ……」

「今、やってるお仕事、家族に誇れるんでしょう？」

続けて言うと宮下は訝しんだ顔でこちらを見た。

「誇れるとか、尊敬とか、よくわからないが……僕は、ふ、普通に仕事をしてるだけさ」

そう言うと、まだ残っている缶コーヒーをごみ箱に投げ込み、慌てたように立ち去っていく。

玲子はスマホを取り出して、桃香に入れてもらったアプリを起動する。

（あっ、できてるっ。すごいもんねえ）

桃香が入れてくれたのは、スマホがなくなっても、どこにあるか探せるＧＰＳアプリである。それを今、宮下の持っているスマホと同期させたのだ。

これで宮下がスマホを持っている限り、これからどこに行くか、すべて把握できるというわけだ。

4

「やあ、宮下さん」

宮下が打ち合わせのブースに行くと、鍵野が座っていて手を挙げた。

色の入ったサングラスをして、高級そうなジャケットを身につけている。いかにも時代の寵児《ちょうじ》といった自信にあふれている。

宮下が向かいに座ると、鍵野は声をひそめてきた。

「先日の発注、助かりましたよ。それで、今日は何です？　俺も忙しいんだけどなあ」

スマホをいじりながら、鍵野が言う。

「だ、大丈夫かね。ここのところ発注が多くなってきて、部長からも言われたんだが」

「平気ですよ。今、一番勢いのあるブリーチに発注してるんですから。WEBなんていくらでもごまかせますからねえ。宮下さんは何も心配しなくていいんですよ。言われたとおりに動いてくれれば、こっちで調整しますから」

「あ、ああ」

言われて、ふと先ほどの女子社員の言葉を思い出す。

《やってるお仕事、家族に誇れるんでしょう？》

誇れるわけがない。

鍵野に架空発注をして、バックマージンをふところに入れるというやり方だが、ここのところ金額がかなりふくらんできていた。

一応鍵野は、つくったものを納品してくるのだが、発注した金額の百分の一以下でつくれるシロモノらしい。

鍵野と初めて会ったときに、向こうから飲みに誘ってくれた。

そのときに安月給と愚痴を言ったのだが、鍵野は「僕だったら、宮下さんに協力できます」と言ってくれたのだ。

それで少しずつ発注を増やしていき、気がついたらとんでもない金額を空発注をすることになったのだ。

「なんですか？　顔色悪いですよ、宮下さん」

スマホの画面から、ちらりと目をあげて鍵野が言う。

「あ、あの……鍵野くん。そろそろ御社への発注は、減らした方がいいんじゃないかな」

「ああん？」

鍵野がいきなりジロリとヤクザのように睨んできた。

昔は半グレだったと聞いたことがあるが、確かになかなかの迫力だった。

「いきなりなんすか。びびったんすか？」

鍵野がすごんでくる。

「もう逃げられないっすよ。俺たち一蓮托生《いちれんたくしょう》でしょ？」

「だ、だが……これ以上、部長に睨まれたりして調べられたら、か、家族に迷惑が……」

「女を買って、マンションに連れ込んで。それでいまさら家族に迷惑がかかるなんて、むしがよすぎっしょ」

言われて、確かにそうだと宮下は黙った。

鍵野がやれやれと嘆息する。

「じゃあいいすよ。次の仕事が終わったら、しばらく架空の取引はやめましょう」

「ホ、ホントか？」

「ええ。じゃあ、さっそく次の仕事ですが……この前、ホテルのバーに連れてった超美人がいたでしょう、バツイチの。なんだっけ、礼香とかいう女」

「なんでそれを知ってる！」

宮下が思わず声を荒げると、鍵野は余裕の笑みを見せてきた。

「裏切られたら困りますから、まわりにいろいろとね。それはいいとして、あの礼香って女を呼び出してもらえますか？」

鍵野が悪い顔をした。宮下はハッとする。

「ま、まさか……礼香さんを……」

「大丈夫ですよ。宮下さんは呼び出すだけ。あとはこっちでやりますから」

「そ、そんな……」

宮下は首を振った。

家まで来て、あと一歩というところまできたが、お預けを食らわされた。フラれたと思ったのだが、そのあとも何度かラインをくれたのだ。今度こそものにしようと、デートプランを考えていたというのに……。

「ん？　なんすか？　もしかして、宮下さん。そのバツイチ女に本気になっちゃいました？」

「い、いや、そんなことはないけど、すまない。別の仕事じゃだめだろうか」

言うやいなや、宮下に思い切り蹴り飛ばされた。

宮下は椅子ごと吹っ飛んだ。

「さっきから訊いてりゃあ、あれもだめ、これもだめって。いい加減にしてくださいよ。俺はもう政財界にでっかいツテをつくったんだ。あんたが捕まっても、俺は簡単には捕まんないよ。観念しなよ」

そう言って鍵野は、

「すみませんねえ、蹴っちゃって」

と、宮下を起こしてから、具体的な話をしてくるのだった。

（ああ、いっそ来ないでくれたら……）

宮下は駅のロータリーに停めていたクルマの前に立ちながら、何度目かのため息をついた。

「宮下さーんっ」

だがその願いもむなしく、礼香は宮下の姿を見つけると、すぐに駆け寄ってきてくれた。

礼香の美貌に、まわりの男たちが、

「相手はどんな男だ？」

と、興味本位で眺めるも、相手が冴えない中年男だとわかると、なんともいえない羨望《せんぼう》の眼差しでこちらを見てくる。

（たまらんな、この優越感。美女とつき合うってこういうことなのか）

礼香が抱きつかんばかりの勢いでやってきて破顔した。宮下も微笑み返す。

「遅れちゃいました？」

「いや、僕も今来たばかりさ」

改めて、宮下は礼香の姿を盗み見る。形のよいアーモンドアイにすっと通った鼻筋と、セクシーな口元。白いブラウスの胸元を突きあげる悩ましいふくらみと、タイトミニスカートから伸びる脚線美。

(くうう、ヤリたい……性格もバツグンにいいし。今まで金で買った女たちとはまるでレベルが違うのに……)

「宮下さん、この前はホントにごめんなさい……私から自宅に行きたいなんて言いながら……」

彼女が頭を下げた。

「いや、いいんだよ。じゃあ行こうか」

宮下はクルマの助手席に礼香をエスコートし、自分は運転席に乗り込んだ。

「楽しみですね」

隣に座る礼香が、屈託のない笑顔を見せてくる。座った拍子にミニスカートがズリあがって、ムッチリした太ももが見えてしまっている。

(あいつらにこの子を渡すのか……まだ一度もヤッてないんだぞ)

自分のような小太りの中年男が、これほどの美女を抱けることはもうないだろう。自分の容姿ぐらいは客観的に見えているつもりだ。

だが、鍵野を裏切ればどんな制裁を受けるかわかったもんじゃない。

「そ、そうだね。天気もよくてよかった」

宮下は、ゆっくりとクルマを発信させる。

「せっかくの休み、こんなおじさんでわるいね」

「そんなことありませんよ。私、年上の男性が好きなんです。ファザコンなのかなあ」

（なるほど、そういうことか）

なんでこんな冴えない男についてくるのかと思ったら、きちんと理由があったのだ。

（くうう、ますます手放すのが惜しい……）

しばらく走っていると、楽しそうに話していた礼香が、「あれ？」という顔を見せてきた。

「宮下さん？　あの……あっちじゃ……」

そのときだった。

「ムゥゥ！」

後部座席に隠れていた鍵野の部下が、打ち合わせどおりに後部座席から現れて、礼香の鼻と口を大きな布で押さえつけにかかった。

「ウウッ！　ムウウッ！」

礼香は両手でその布を引き剥がそうとしながら、激しく藻掻いた。

だが、それも刹那《せつな》だ。非合法の睡眠導入のクスリか何かが染み込ませてあるのだろう。

意識を急速に失った礼香が、ぐったりとなった。

礼香が昏睡《こんすい》している顔があまり美しかったので、宮下はあやうくハンドルを切り損ねるところだった。

「宮下さんっ、気をつけてくださいよ」

鍵野の若い部下が、後部座席から睨んできた。

「す、すまない」

「へへっ、それにしてもいい女ですねえ。スタイルも抜群だ。こりゃあ、鍵野さんも欲しがるわけだ。俺にもおこぼれがくるかなあ、うへへへ」

宮下はその気味悪い笑い声を聞きながら、

(すまないっ、許してくれ……)

と、心の中で礼香に詫《わ》びるのだった。

5

「いやあ、いい女だなァ」

鍵野はソファの上でぐったりしている礼香を眺めながら、いやらしい笑いを浮かべた。

ここは鍵野の会社のスタジオである。

といっても、すでに撮影スタジオとしてはもう使われておらず、宮下が連れてきた女を調教したり、撮影したりする「プレイルーム」に改造されていたのだった。

「桐山礼香。バツイチの三十二歳か。おそらくかなりの高値がつくぜ。楽しみだなあ。なあ、宮下さん」

鍵野はモニターを見ながら、ヒヒッと笑った。

モニターには、ぐったりした礼香の姿が映っている。

これから彼女は、この画面の向こうにいる財界の大物たちによるオークションにかけられて売られていくのだ。

今までも、女体オークションがあったことは宮下も知っている。

だが、ここで売られた女性たちが行方不明になったというニュースは、聞いたことがない。

おそらくメディアにも圧力がかかっているのだろう。

こうやって鍵野は、財界の大物に女を売って、自分の会社を大きくしていったのだ。

「な、なあ……鍵野くん。こ、この女性はどうなるんだ？」

訊くと、鍵野は笑いながら答えた。

「さあねえ。商品がバイされたら、そのあとのことは知らないっすよ」

背後にいる若い部下たちも、撮影準備を進めながら薄ら笑いする。

みな暴力団には属さない犯罪集団、いわゆる半グレだった過去のあると男たちだ。慈悲があるとはとても思えない。

(礼香さん、すまない……謝っても許してなどもらえないだろうが)

がっかりと肩を落としていると、鍵野が肩を叩いてきた。

「まあ宮下さんも、一回ぐらいはヤリたかったよなあ。こんだけいい女だもんなあ。じゃあどうだい、今回の性調教をあんたがやるってのは」

「ぼ、僕が……？」

思わぬ提案に、宮下は狼狽えた。

鍵野は女たちに高値がつくように、このスタジオで調教し、女たちの乱れた様子をリアルタイムで客に配信してからオークションをするのである。

これは、女の品質管理にも通じるらしく、女が病気持ちではないという証明でもあった。

「カメラの前じゃ、勃たないかい？」

鍵野が笑う。

素性のわからない男たちの前で、ＡＶ男優さながらのことをするのは恥ずかしくてたまらない。

が、このまま彼女を抱けないというのは、一生後悔するだろう。

「わ、わかった。やるよ」

「へへ、頑張って、女をいい声で泣かせてくださいよ、宮下さん」

そのときだった。

閉じられていた礼香の目が、ゆっくりと開かれた。すぐに異常を察したらしく、彼女は慌てて上体を起こそうとする。

「ンウッ！」

しかし無駄なことだ。礼香は後ろ手に手錠を嵌められ、タオルで猿轡《さるぐつわ》をされて、自由と声を奪われていたのだ。

「ひゅう！　目を開けたら、もっといい女じゃねえか」

若い男が興奮気味に叫んだ。

「三十二歳だっけ？　色っぽくて、顔立ちも端正で、鍵野さんっ、今まででナンバーワンじゃないすか？」

「テレビの女優みてえだよなあ。くっそお、俺がヤリてえよ」

男たちが囃《はや》し立てつつ、宮下を睨んできた。

宮下がだめなら、自分たちにお鉢がまわってくるとふんでいるのだろう。まるでハイエナのような獰猛《どうもう》さだ。

女の扱いに慣れているはずの鍵野も、礼香の美貌に釘づけだ。

「すげえな、確かに。やっぱり俺がヤルか……」

ニヤニヤと鍵野が笑っている。

宮下ががっかりしていると、また肩を叩かれた。

「なあに泣きそうになってるんだよ、宮下さん。冗談だって。さあて、礼香ちゃんには立ってもらおうかなあ」

男たちがふたりがかりで彼女をスタジオの中央に運ぶと、いったん後ろ手の手錠を外してから、両手を前に出させて再び手錠を嵌める。

そこに鎖を通してから、鍵野はリモコンのスイッチを入れた。

「ンゥ？　ムウウ」

猿轡を嵌めた礼香が、慌てた様子を見せる。

無理もなかった。

天井から垂れている鎖が巻き取られていき、礼香は両手を頭上にあげた状態で引っ張られて、無理矢理に引き起こされていったからだ。

「ムウ、ウウ！」

鎖がピンと張り、彼女は両手をあげたまま、身体を吊《つ》るされていく。

爪先立ちになろうかというぎりぎりで、鍵野はスイッチをとめた。

「次は脚だよ、礼香ちゃん」

鍵野はしゃがんで、礼香のミニスカートから伸びる美脚をつかむと、パンプスを脱がして床の金具にゴムロープで拘束した。

抗《あらが》うもう片方の足もつかんで無理矢理に開かせて、同じように床の金具に拘束する。

開いた足の幅は五十センチほどだ。礼香は脚を開いた人型の格好で、両手足を拘束されたのだった。

「たまんねえなあ。いい格好だぜ。なあ、宮下さん」

「あ、ああ……」

宮下は吊られた礼香の肢体を眺めて、言葉を失っていた。

白いブラウスの胸元を突きあげる悩ましいふくらみから、細くびれた腰のカーブ。タイトミニスカートから伸びる脚線美……。

こうして吊られていると改めて素晴らしいプロポーションだということが確認できる。

さらにだ。

猿轡をしているから、切れ長の目元がより強調されて、ムンムンと妖しげな色気を発している。

怯えた表情が、なんとも男の征服欲を煽ってくるから、宮下は勃起してしまった。申し訳ないと思うが、これほどのスタイルを見せられては、もうどうにも自制などできない。

「さあて、はじめるか」

鍵野の合図で、若い男がビデオカメラをまわしはじめる。

モニターに礼香の拘束姿が映し出されると、彼女の美貌を見たリモートの客たちがどよめいた声をあげるのだった。

6

「みなさん、お待たせしました。いつものようにオークション前に、調教ショーをはじめます」

鍵野が挨拶の口上を終えると、顎で宮下を指示してきた。

宮下は礼香の前に対峙する。

「ンウンッ！」

猿轡を嵌められ、両手を天井から垂れた鎖に繋がれて真っ直ぐ吊られている礼香は、まだ状況が呑み込めてないようだが、貞操の危機を感じたようで激しく身体を揺すっている。

しかし、無駄なことだった。

両手の手錠もそうだが、両脚も大きく開かされて床にがっちりと拘束されている。力で逃げることは不可能だった。

「ンウッ、ンンッ」

彼女は猿轡を嵌められたまま、宮下を見つめていた。

美しい目は哀願するように細められている。

その表情が、《助けて》と訴えていた。

この状況では宮下にすがることしかできないのだ。何が起きたかわからないようだが、なんとか助かりたいという気持ちは痛いほど伝わってくる。

以前から、このオークションの話を聞いて、宮下は眉をひそめていた。

罪もない女性を罠にかけて、カメラの前で辱め、なおかつ金で売るなんて非道もいいところだ。ましてやその罠に、自分に好意を持っている女性がかけられている。後ろめたく、つらい気持ちが湧きあがってくる。

「おい、変わるかい？」

鍵野が笑う。

宮下は強く拒絶した。

ここで他の男に犯されるくらいなら……という気持ちが強くなっていた。

宮下は礼香のすがるような目を冷ややかに見つめ返しながら、

（すまない……）

と、心の中で何度も詫びつつ、その反面……彼女のこの美貌とプロポーションを前にしては理性を保つのも限界があった。

可哀想だと思うのだが、股間は大きく盛りあがってしまっている。

観客もいるのに、恥ずかしいという気持ちよりも、礼香を犯したいという気持ちが勝ってしまっていた。

葛藤しても、最終的には礼香の色香に負けてしまったのだった。

「みなさん、のちほど資料は配りますが、簡単に女の説明を……桐野礼香、三十二歳、バツイチで……」

画面の向こうから男たちがざわめいた。

「三十二歳の元人妻か……ホントに一般人か？　モデルか女優じゃないのか」

「今まででトップクラスの美女だな。どうやって調達したんだ」

「何でもいい。おい、早く脱がせろ。このレベルなら金に糸目はつけんぞ」

男たちがとても地位のある人間とは思えない、下世話に囃し立てるのを聞きながら、宮下は覚悟を決めて、まず自分の服を脱ぎはじめた。

「ウウッ、ウウッ！」

犯される、と知って礼香は必死に暴れる。だがその怯えた表情が、いよいよ宮下の眠っていた獣性を呼び覚ます。

「ンウウッ！」

さらに彼女はパンツ一枚になった宮下を見て、さらに抗いを強くする。

しかし……抵抗は無駄なことだった。

両手は天井から垂れた鎖に繋がれており、両脚も大きく開かされて、床の金具に拘束されている。

口をタオルで割られて声もふさがれている。

女優並みの美貌と素晴らしいプロポーションを持つ美女は、この異常な状況でも逃げることも、どうすることもできないのだ。

（僕にはこうするしかないんだ）

宮下はまた心の中で礼香に詫びながら、魅惑のボディに手をかける。

「ンンッ！　ンンッ」

白いブラウスのボタンを外していくと、礼香はちぎれんばかりに左右に首を振った。

（おおっ……）

ブラウスの前を開くと、薄ピンクのブラジャーに包まれた、たわわなバストがたゆんと揺れて露わになる。

それを見た司会役の鍵野は、「おおっ」と驚きつつ、カメラに向かって話しかける。

「素晴らしいですね。おそらくFカップ以上はあるんじゃないでしょうか」

モニターからは、客たちのどよめきが聞こえてくる。

「なんというプロポーションだ。たまらん」

「早くブラジャーを外してくれ」

「尻だ。尻も見たいぞ」

オークション客たちが口々に叫ぶ。

礼香は猿轡を咥えさせられたまま、怯えた表情を見せてくる。

犯されるだけでなく、その一部始終を、見ず知らずの男たちにリアルタイムで視聴されるのだ。

生きた心地もしないだろう。

彼女がまた、必死にすがるように宮下を見てくる。

唯一の顔見知りであり、素性を知っている男なのだから、情にすがろうというのは当然だろう。

しかしここで助けるわけにはいかない。

鍵野の言うことは絶対なのだ。

宮下は彼女の背中に手をまわし、ブラジャーのホックを外した。

ブラはくたっと緩み、礼香の魅惑の生バストが男たちにさらされる。

「おおっ……」

「す、すごいな……」

モニターから、男たちのため息混じりの声が聞こえてくる。

礼香のFカップ九十センチはあろうかというバストは、その圧倒的な大きさにもかかわらず、垂れずにしっかりと上を向いていた。

乳首の色は、三十二歳とは思えぬ、透き通るような薄ピンクだった。

「ンンンッ！」

礼香はくぐもった声を漏らして、上から鎖でバンザイするように吊られた身体を、不自由に揺すり立てる。

両手両脚を拘束されたまま、少しずつ裸に剥かれ、それを男たちにじっくり鑑賞されるのだ。

死にたいくらいの恥辱だろう。

「宮下さん、ぼうっとしてねえで、おっぱいでも揉んでやんなよ」

司会役の鍵野が低い声で言う。

礼香の美しい乳房に見とれていた宮下は、われにかえった。

パンツ一枚という格好で彼女の背後にまわり、思いきって後ろから彼女の乳房を鷲づかみする。

「ンンンッ」

礼香が嗚咽《おえつ》を漏らし、身体を揺する。

（おおう、なんて柔らかいんだ……）

見た目以上に柔らかいおっぱいの感触に、宮下はとろけた。

手のひらに収まらないほどの、たわわなボリュームの乳房は、指を食い込ませても、すぐに乳肉の弾力が指を押し返してくる。

（す、すげえ……）

むにゅ、むにゅ、と形をひしゃげるほどに揉みしだくと、タオルで猿轡をされた礼香が、さらに嗚咽を大きくして全身を揺する。

揉みしだきながら、中心部の赤い乳頭部を指でキュッとつまむと、

「ングッ……」

礼香が大きくのけぞり、ぶるっと震えた。

「おおっ、どうやらこの美女は、おっぱいが感じるようですよ。おやっ、もう乳首がシコってきてないかな？」

鍵野の言葉に、彼女は何度も首を振る。

だが指でつまんだ乳首はこりこりしていて、硬くなっているのは間違いなかった。

信じられなかった。

こんな状況でも礼香は感じて、乳首を硬くしているのだ。

「次は下も見たいですよねえ、みなさん」

鍵野がうれしそうに、客たちに語りかける。

宮下は礼香の背後からミニスカートに手をかけて、ゆっくりとたくしあげていく。

「ンンンッ……！」

彼女が肩越しに振り向き「もうやめて」という泣き顔を見せてきた。

宮下は首を振った。

「僕たちに狙われたのは、運が悪かったと諦めてくれ」

スカートがまくれていくと、パンティストッキングと薄ピンクのパンティに包まれた、元人妻の悩ましい下腹部がさらけ出された。

腰がくびれていて、ヒップは大きい。

そんなスタイルのよさに、また男たちから歓声があがるのだった。

7

（ああん、もうっ……さ、触らないでッ……）

玲子は人の字に吊られて、拘束された身体を揺すり立てた。

両手はひとくくりにされて、天井から吊された鎖につながれ、さらに両脚は大きく開かされて床に拘束されている。

上半身はすべて脱がされて、見事なFカップバストをさらされており、タオルで猿轡をされているから悲鳴をあげることも不可能だ。

（まずいわ、ＧＰＳが遮断されているわね）

眠ったフリをして、拘束されたときに抵抗しなかったのも、桃香が踏み込んでくれるだろうと思っていたからだ。

だが、このタイミングでも何もアクションが起こらないというのは、おそらくＧＰＳジャミング（ＧＰＳ電波妨害）が行われていて、完全に場所が特定できないのであろう。

公安にいた時代、潜入捜査のいろはは痛いほど頭に叩き込まれている。この鎖さえ外せれば、手錠は抜けることができる。

逆に言えば鎖につながれたままでは、何をされようと抵抗できないのだ。

玲子の表情に焦りの色がにじむ。

怯えているのは演技だが、かといって、男たちの前でなぶられて平然としていられるわけではない。

「すまないな」

宮下が耳元でまた謝ってきた。そして背後から玲子のタイトスカートをさらに腰までまくりあげてしまう。

「ンンッ！」

玲子のパンティストッキングと薄ピンクのパンティに包まれた悩ましい下半身が丸出しになる。恥ずかしさに身をよじった。

モニターから男たちの喝采《かっさい》が聞こえてくる。

（な、なんなの、こいつら……客って……）

鍵野は「オークション」という言葉を使った。おそらく、女性を競《せ》りにかけて高値で売るのだろう。

これほどまでリスクを冒して女性を売るとなると、客もそれ相応の財産を持ち、なおかつ地位のある、口を割らない人間でなければならない。

（政財界の人間とかかしら？　わからないけど、ホント、最低ね）

しかし、これほど大がかりな話になるとは、夢にも思っていなかった。こんなオークションに宮下もからんでいると知り、がっかりした。

（もう少し、いい人だと思ってたんだけどね……）

そんなことを思っていると、宮下の手が、パンティとパンティストッキングにかかった。

「ンウウゥゥ！」

（や、やめて……やめなさいよっ！）

玲子は不自由な身体を揺すり立て、美貌を真っ赤に染めた。

ある程度の辱めは覚悟の上だった。

だが拘束されて、カメラの前で調教されるなど、予想の遙か斜め上の仕打ちだ。

さすがに、じっとなどしていられない。

「さあて、いよいよですよぉ。美人のおま×こは、どんな形をしてるんでしょうねえ」

司会役らしい鍵野という男が、そう言って下品に笑う。

（ちょっと、脱がさないでよっ）

玲子の願いもむなしく、パンティとパンティストッキングはくるくると丸められて膝のあたりまで脱がされた。

両脚を大きく開いているから、下着もストキングも横にピーンと張ってしまっている。そして剥き出しの下腹部も、脚を閉じることも叶わずに、無防備のまま露出させせられてしまう。

（い、いやっ……み、見ないでっ！）

人の字に吊された玲子はFカップバストを露わにされ、下もパンティとパンストを脱がされて、身につけているものは、腰までまくりあげられたミニスカートと、はだけたブラウスという半裸である。

「おおっ、キレイなおま×こじゃないか」

下着を脱がされ、男たちから歓声があがる。

玲子は眉根を寄せた顔をカメラから大きくそむけ、くぐもった悲鳴を漏らすのが精一杯だ。

「素晴らしいな。ルックス、プロポーションともに一級品なのに、おま×こも極上じゃないか」

モニターに映る男が下品に言う。

「せっかくなら、今ここで、美人のイッたところが見たいなあ。なんとかお願いできんかね」

別の男もイヒヒと笑い、とんでもないことをやれと言い出した。

(なんですって……！)

玲子は美貌を凍りつかせる。

特命社員という契約を交わしたときから、身体を武器として使うことは厭《いと》わないと決めていた。

だが……達したところをカメラで撮影され、それをリアルタイムで大勢の観客の男たちに配信されるなど、さすがにたえきれない。

「なるほど。それでは要望にお答えして、私がやってみましょう」

宮下を差し置いて、鍵野が迫ってきた。

(くっ……堅気じゃないわね、コイツ)

テレビで見たときと、顔つきがまったく違っていた。

へらへらしているが目つきは鋭く、さらには身体つきも筋骨隆々で、なかなか勇ましい。

宮下と交代した鍵野は、玲子の口に噛ましていたタオルをほどいた。

ようやく口の戒《いまし》めがとかれ、大きく息をする。

「ハア、ハア……い、いやっ……許してっ……」

「悪いねえ、礼香ちゃん。とりあえずさあ、みなさんの前で、いやらしいイキ顔をさらして欲しいんだわ」

鍵野は冷たく笑うと玲子の前にしゃがみ、漆黒《しっこく》の草むらを指でかきわけ、亀裂に指を這わせてくる。

「あっ……」

腰がビクッと震えた。

鍵野の指が陰唇を開き、ピンクの粘膜を優しくまさぐってきたからだ。

「ああっ……いやっ！」

乱暴にしてくるのかと思いきや、鍵野の指づかいはソフトだった。

スリットを上下に優しくこすり、さらに膣口の浅い部分を指先で刺激してくる。

「や、やめてっ！」

玲子は狼狽えた。

鍵野の愛撫がひどく的確で、身体の奥が疼きはじめたからであった。

「う、ううんっ……あぁっ、や、やめてくださいっ……」

なんとか鍵野の愛撫から逃れようと、必死に人型に吊られた身体を身悶えさせていた。

ところがだ。

開いた足の間にしゃがんだ鍵野は、女の扱いに相当慣れているらしく、じっくりと時間をかけて、玲子の身体を丁寧にまさぐってきた。

「んんっ、んふっ」

(ああ……だめっ……こんな、こんなこと……)

とろけるような指づかいだった。

玲子の身体は次第に甘い反応を示してしまう。

鍛練を積んだとしても、三十二歳の女であることに変わりない。

持てあまし気味だった肉体に、丁寧すぎる色責めを加えられれば、次第に切ない肉の疼きがこみあげてくるのは仕方がなかった。

(だ、だめっ……たえるのよ、玲子)

心の中で感じまいと自分に言い聞かせるのだが、それとは裏腹に、膣奥まで指で優しくまさぐられると、

「んっ、あぅぅん……」

と出したくもない甘い声を漏らしはじめてしまう。

(くっ、こんな恥をさらすなら、まだ猿轡されてた方がマシだった)

鍵野は自信があったのだろう。

女を感じさせて、喘ぎ声を出させることができるから、わざと猿轡を外してきたのだ。

今、鍵野は玲子の足元にしゃがんで、余裕の笑みを漏らしていた。

「こいつはすごいな……おま×この締まりも絶品じゃないか」

鍵野はうなるようにつぶやくと、いよいよ指先を上部のクリトリスに這わせてきた。

「い、いやっ！　そこはいやっ……！」

玲子はいっそう身悶えをひどくする。

しかし、鍵野は手練《てだ》れだった。

クリがかなり弱いとわかったのだろう、優しい指遣いで肉芽を撫でてくるのである。

「ああん、だめっ……ああんっ」

まるで羽毛でくすぐられているような、心地よさだった。

肉のつぼみがジンジンと疼き、熱い潤みが奥から湧き出すのがわかる。

（ああん、こんな辱めを受けて、ぬ、濡らすなんて……）

発情した匂いが鼻をつんとつく。恥ずかしい部分をひどく濡らしてしまっているのがわかり、顔を真っ赤に染める。

「いい反応じゃないか。さすが元人妻だ」

鍵野はそう言っていやらしく笑うと、玲子の開いた股の間に顔を近づけて、今度は舌先でクリトリスをなぶりはじめた。

「あっ！　ああッ、そ、そんな……！」

玲子はついに吊られた身体をのけぞらせて、

「アア、アアン……」

と、歓喜の声を漏らしてしまう。

「すごいな……こんなに感じやすいなんて……」

「たまりませんなあ。早くイキ顔を見せてくれ」

モニターの男たちの声も大きくなる。

だが、玲子はそんないやらしい言葉も聞こえなくなるほど、肉の愉悦に溺れはじめていた。

「ああ、だめっ……」

玲子は吊られたまま、いよいよヒップを前後に揺らしはじめてしまう。

もうどうにもできなかった。

開いた足の間にしゃがんだ鍵野は、玲子のクリトリスを舌でいじりながら、同時に膣に指を入れてきた。

「あんっ……はあァ、い、いやァ……」

その甘い声を聞いた鍵野はニヤッと笑うと、

「宮下さん、礼香ちゃんのおっぱいをいじってくださいよ」

と、余裕綽々で宮下に指示を送る。

鍵野の言葉に宮下は黙って頷き、玲子の乳房をじっくり揉みしだき、乳首にむしゃぶりついてくる。

「くぅぅ……はあ、ああ、アアアッ！」

クリトリスと膣をまさぐられ、敏感な乳首を舌で舐め転がされる三箇所責めに、玲子は激しく腰をよじった。

（た、たまんないっ）

汗ばんだ美貌を歪ませ、なんとか唇を噛んで、よがり声をガマンする。

だが、それも限界だ。男たちの愛撫はさらに激しさを増していく。

（こ、これ以上は……）

ぼうっと目の前がかすんでいき、腰に力が入らなくなる。

無数の男たちの前で指や舌でイカされるという生き恥を、玲子はいよいよ覚悟するのだった。

8

「フフ、これだけとろけさせれば、逃げようとは思わないだろう。次は尻だ。四つん這いにして、たっぷり可愛がってやるぜ、礼香ちゃん」

鍵野は言いながら宮下に指示をして、鎖と足の戒めを外してきた。

玲子はぐったりしながらも、なんとか逃げようと頭の中で策を練る。

そのときだった。

宮下が玲子の耳元でささやいた。

「礼香さん、逃げて。右側に扉があるから。僕のことはいいから」

（え？）

宮下に手錠も外された。

これで半裸姿のままではあるが、すべての拘束はとかれたことになる。

鍵野が玲子の手をつかんだ。

「宮下さん、手錠だけはさせておいてくださいよ。念のためだ」

そう言って、また手錠を嵌めさせようとする。

(今だ！)

玲子は鍵野を思い切り蹴りあげた。

「ぐわっ！」

鍵野は吹っ飛び、そのまま動かなくなる。モニターの男たちが慌てて電源を落としたらしく、モニターの声が聞こえなくなった。

「て、てめえ！」

若い男たちが襲いかかってくる。

だがちょうどそのとき、ドアがバーンと開いて、桃香が踏み込んできた。

「姉さん、遅くなってすみません。ようやく場所が割れて……」

「なんだ、おめえは？」

男のひとりが、桃香に近寄る。

女だからと油断したのだろう。桃香は男にハイキックを見舞うと、男が簡単に崩れ落ちた。さすが地元千葉《ちば》で最強の元ヤンだ。

両手足が自由になった玲子も、若い男たちを次々と倒していく。見れば鍵野が逃げようとしていた。つかまえて後ろ手に片手をひねってやる。

「いてててて。い、一体、な、何者なんだ、キミたちは」

「私たちのことはいいわ。それより顧客リストと、今までの女の子を撮影した動画、編集前のを全部出しなさい」

玲子の言葉に、鍵野はおどけるように笑った。

「な、なんのことだ。証拠はあるのかよ」

鍵野の腕をひねりあげた。

「あてててて」

「残念ねえ。私たち別に警察でもないから、あなたがどうなってもいいのよねえ。出さないなら、こっちも考えがあるわ」

「お、俺を……ど、どうするつもりだ」

「とりあえず生かしておいてあげる。五体満足でいられるかは知らないけど」

鍵野はチッと舌打ちした。そのまま桃香が鍵野を連れていく。また仁流会の世話になるのは面倒だが仕方ない。

宮下が服を着て近づいてきた。

「キ、キミは一体……それに今の女性は、うちの社員じゃなかったか？」

桃香の顔を覚えているとは驚いた。

だったらと、会社でつけている眼鏡を、ミニスカートのポケットから取り出して身につけた。

「は？　え？　キ、キミは……！」

宮下が呆気《あっけ》にとられて、ぽかんとした。

「私たちのこと、黙っていてね。それと、もうこういう不正には手を染めないことよ。あなたもお仕置きが必要かと思うけど、反省も見えるしねえ。更生までの猶予期間をあげるから、まっとうになりなさいよ」

玲子は手をヒラヒラとさせながら、出口に向かって歩いていくのだった。

第四章　セクハラピアニストを守れ

1

「ボディガード？　私がですか？」

四和商事の会議室に呼ばれた玲子は、黒川に言われて首をかしげた。

「まあ、座れ。説明するから」

黒川に言われて、向かいのソファに腰掛ける。

そのとたんに黒川の視線が、ミニスカートから伸びる玲子の太ももに向けられる。玲子はまくれたスカートの裾を手で引っ張って直した。

今日はいつもの分厚い眼鏡とひっつめ髪の地味な事務社員ではなく、眼鏡を外して、ばっちりとメイクをしている。

セミロングのツヤツヤした黒髪、そして涼やかな切れ長の目に小高い鼻。自分でいうのもなんだが、悪くないルックスだと思う。

そして事務服ではなく、今日は身体のシルエットがわかるタイトなスーツという格好だ。タイトなミニスカートからはパンストに包まれた太ももが、キワドイところまで露出していた。

社内でこの素顔を知っている人間は、黒川と桃香以外にはいない。

「黒川さん、でも社内でこの顔はまずいでしょう。内部の人間にバレたくないから、いつもわざわざあんな眼鏡をかけてるのに」

黒川も苦い顔をした。

「仕方ないんだ。相手がキレイな女じゃないと言うことを聞かないんでな」

「なんですか、それ。誰のボディガードをしろというんですか？」

「聞いて驚くなよ」

黒川がもったいぶって、いったんためてから口を開いた。

「天海《あまみ》奏太《そうた》だ」

「はあ。誰です？　それ」

きょとんとした顔で訊くと、黒川は驚いた顔をした。

「知らんのか？　天海奏太を」

「えぇっと……最近の芸能界は知らなくて」

黒川の口ぶりから、最近のアイドルかタレントかなあと当たりをつけて言ったのだが、黒川は嘆息した。

「芸能界って……日本じゃなくて、世界だよ。今話題の、アメリカに住んでいる二十歳の天才ピアニスト」

「その天才ピアニストと、ウチになんの関係が？」

「来年、ウチが創業百周年で、イメージソングをつくれって会長から命令があったの知ってるだろう？」

「知ってます」

「それを天海奏太につくらせるとかいって、会長の独断で、アメリカから日本に呼んだんだよ。お忍びってやつだな。だからマスコミも全然ニュースにしていない。極秘なんだ」

「はあ……」

確かに今朝、ぼうっとテレビを見ていたが、そんなニュースはなかった気がする。

「で、それでなんで、私がその人のボディガードに」

「どうもヤツのまわりで不穏なことが起きているらしい。ストーカーらしいんだが、詳しいことはわからん。だから、日本にいる間のボディガードだな」

黒川があっけらかんと言う。

「いえ、ですから……どうして四和の社員でもないアーティスト様を、私が守らなければならないんですか。警察にやらせれば……」

「だから、警察とかが出張ると、天海奏太が日本にいるってのが、マスコミにバレるだろうが。天海奏太はマスコミ嫌いでな。大げさにするなら曲は書かないって言ってる」

「ずいぶん高飛車な子ですねえ」

「まあ、それだけ才能があるってこった。で、こいつが曲を書かないと、会長がメチャクチャ臍《へそ》を曲げる。そしたら腹いせに特命調査室も予算を下げられる」

「えー？」

玲子は呆れた。

面倒臭い案件も、身体を張るような仕事も高額ギャラがあればこそである。

「わかりましたよ。で、その子は今どこに?」

「もうすぐここに来る」

「は?」

ちょうどそのタイミングで、どかどかと廊下を歩く音がして、がちゃりとドアが開いた。

「お待たせしました。黒川さん、そこに座ってらっしゃるのが、天海さんのボディガードですか?」

ドアを開けたのは、会長秘書の瑠璃子だった。

玲子は立ちあがって振り向いた。

瑠璃子が玲子の顔を見て、ハッとしたような表情をして、恥ずかしそうに視線をそらした。

(勝ったわ。どうよ、素顔なら私の方がイケてるでしょう?)

いつもの地味な事務員姿でいじめられているので、ちょっとだけ溜飲を下げた気分である。

「黒川さん。冗談でしょ。こんな細身の女性がボディガードなんて。もっと屈強な男かと思ったのに」

瑠璃子が真っ赤になって反論する。

「いや、でも腕は確かなんですよ。そこらの男にも負けませんし」

黒川が頭をかいた。

瑠璃子の横には、何人かの取り巻きがいた。スタッフたちだろう。

その中から、細身の男の子が前に出てきた。

彼が天海奏太らしい。アイドルのような顔立ちで美少年に見える。

(でも、クソガキよねえ……)

そんな気持ちをおくびにも出さず、ニコッと微笑んだ。

すると奏太は爛々とした目をして、玲子を見入ってきた。

「お姉さん、すごい美人だね。名前は？」

「は？　えーと、礼香です。桐山礼香」

いつもの偽名を使う。

「礼香さんね。歳は？　スリーサイズは？」

「え？」

なんという失礼な子だ。

玲子は呆れた。

「そういう質問は……」

「決めた。ねえ美智代《みちよ》さん。この人を日本にいる間のマネージャーにしてよ。そうだ、そうしよう」

美智代と呼ばれたおばさんは困り顔をする。どうやら奏太の責任者らしい。

「いえ、でも……マネージャーは、別に用意してますし」

「この人じゃないと、曲は書かないから」

いきなりとんでもないことを言い出し、みなが困惑した。

「玲子、じゃなかった、礼香くん。よろしく頼む」

後ろから黒川に肩を叩かれた。

「は？　え？　私がこの子のマネージャーをやるんですか？」

狼狽えていると、奏太がギュッと手を握ってきた。

「よろしくね、礼香さん」

ニコッと微笑んでくる顔は確かに可愛い。

が、十二歳も下の子なんて、恋愛対象にもならない。

（とんでもないことになったわ）

横を見ると、瑠璃子が嫉妬《しっと》したように睨んできていた。

それだけはちょっとうれしい。

2

（はあ、早く脱ぎたい……）

クラシックコンサートの会場で、赤いドレスを着た玲子は、ほぼ中央の席に座って演奏を聴いていた。

肩も鎖骨《さこつ》も見えて、胸の谷間も強調されているかなり露出の高いドレスだったから、男たちから視線を浴びてしまうのだ。

（どうせクラシックって、よくわかんないしねえ）

暗いし、ピアノの音が心地よくて、眠りそうになってしまう。

だがかなりプラチナチケットらしいから、ちゃんと聴くことにした。

それにしてもだ。

隣に座る奏太が、先ほどから身体を寄せてきていて、邪魔で邪魔でしょうがない。玲子は大きなため息をつく。

（まったく、いつまでこんなこと……）

マネージャーになっても、何をしろとも言われずに、ただ奏太についてまわるだけだった。

いや、ついてまわるだけなら、まだよかった。

だが……。

（あんっ、また……）

奏太の手がそっと伸びてきて、玲子のドレスの裾からのぞくムッチリした太ももをさわさわと触りはじめた。

（……こんなところで……このエロガキっ！）

問題は、奏太がずっとセクハラまがいのイタズラをしてくることだった。

とはいえ、いやだと言えば、臍を曲げて曲をつくらないと拗《す》ねてしまうので、されるがままだった。

会長もどうしてこんな子に固執《こしつ》するのか……。

むっちりした太ももの感触を楽しむように撫でていた奏太の手は、いよいよ太もものあわいに滑り込んできた。

「くっ……」

玲子は思わず声をあげそうになり、慌てて自分の手で口を覆う。

奏太の要望で、ドレスはかなりのミニ丈だ。

しかもガーターベルトなので、気を抜くとパンティが見えてしまいそうだ。

（この子、まさかこんなことするために、私にガーターベルトなんかつけさせたのかしら）

キッと奏太を睨みつける。

「ちょっと。仕事で来てるんでしょう？　ちゃんと聴いていなさいよ」

小声でささやくと、奏太はフンと鼻で笑った。

「思ったより退屈なんだもん。来てソンしたよ。僕の方が全然上手いし」

悪びれもせず、太ももを撫でまわす。

（なんでこんなエロガキがモテるわけ？　ファンにバラしてやろうかしら）

そう思ったときだった。奏太の手がパンティに触れた。

玲子は危うく声を漏らしそうになり、慌てて奥歯を噛みしめる。

「あんっ、やめなさいっ」

ドレスの裾から侵入してきた奏太の手を、ギュッとつかんだ。

しかし奏太はやめるどころではなく、ニヤニヤしながらスカートの奥にさらに手を侵入させようとする。

「ちょっとっ、犯罪よ。こんなこと」

薄暗い中で、諭《さと》すように低い声で言う。

「だって、触りたいんだもん。礼香さんの恥ずかしがる顔、可愛いね。やめさせられるもんならやめさせなよ。その代わり絶対に曲なんかつくんないから」

呆れて、ため息をつく。

(えらいのに見初《みそ》められちゃったわ。二十歳の子どもにこんなことされるなんて。早くストーカー捕まえて、マネージャーなんてやめさせてもらおうっと)

ハア、と、また大きく嘆息したときだ。

「あンッ……」

油断して、感じた声を漏らしてしまった。慌てて口を手で塞《ふさ》ぐ。

(やだ、これって動くの？)

隣に座る奏太を、玲子は睨みつけた。

奏太は楽しそうに忍び笑いを漏らしている。ムッとして、玲子は奏太の腕をギュッとつまんだ。

「いたっ……何すんだよ」

「エロガキッ。あなた、今、スイッチを入れたかなんかしたんでしょう。私の中のこれ、リモコンで動くのね」

非難するも、奏太はうれしそうだ。

「ちゃんと入れてくれたんだ。礼香さんって真面目だなあ」

「恥ずかしいけど、入れないと、もっとエッチなことさせるんでしょう？」

「よくわかったね」

奏太は満面の笑みだ。

またつねろうとしたら、股間の異物が動いた。

「くっ！」

今度は奥歯を噛みしめて、玲子は漏れ出す声をぎりぎり防いだ。

(まったく、どうしてこんなことばっかり……)

コンサート前に奏太から手渡されたのは、うずらの卵型の小さな大人のおもちゃだった。

「ねえ、礼香さん。これをアソコに入れておいてよ、コンサートの間に」

カアッとした玲子は、ビンタのひとつでもしてやろうと思った。

しかし、どうせ子どものイタズラだ。

別にどうでもいいやとトイレで小型ローターをアソコに入れて、何食わぬ顔で演奏を聴いていた。紐がついてないから、電源が入るとは思わなかったのだが、ローターがリモコンで振動するものとは知らなかった。

(こ、こんなのなんでもないわ……気にしたら、この子の思うつぼよ)

真っ直ぐ前を向き、演奏に集中しようと深呼吸をした。

そのときだ。

先ほどより強い刺激が膣奥で響き、ゾクッとした震えが全身に走った。

「く！　くううう！」

太ももをギュッとにじりよせ、奥歯を噛みしめて懸命に甘い声が漏れるのを防いだ。

膣中に入ったピンクローターは、ビィィインと小刻みに震えて、敏感な媚肉を甘く揺さぶってくる。

（やばいっ……これ、意外と感じちゃう……）

奏太がチラッとリモコンを見せてくる。奪おうと手を伸ばした瞬間、また膣奥に甘美な刺激が走った。

3

「ん……ん……」

玲子はうつむき、赤いドレスの裾からのぞくムッチリした太ももをギュッとよじらせて、股間を両手で押さえ込んだ。

（か、感じるッ……ああ……や、やめて……）

まわりの観客たちが、ちらちらとこちらを見ているのがわかる。

無理もなかった。

露出度の高い赤いドレスを着た女が、腰をもじつかせて妖しい吐息をつくのだから、周囲の客が色めき立つのも当然だった。

そうでなくとも先ほど感じた声を漏らしてしまい、注目を浴びていたのだ。

(い、いい加減にしなさいよ)

玲子は隣でニタニタする奏太を睨みつける。

だが、アソコの中にローターを入れられて、ずっとリモコンで振動させられていては、本気で怒った顔を見せるのも無理だった。

睨んでいた顔が、ふっと緩み、自分ではしたくないのに眉根を寄せた、いやらしい顔つきになってしまうのがわかる。

「あれえ?　こんなの平気だって言わなかった?」

奏太が小声で煽ってくる。

彼の顔を見ると、天才ピアニストの姿なんかどこにもなくて、単なる二十歳のエロガキにしか思えない。

奏太は手に持ったスイッチを見せながら、スライドさせた。さらに振動が激しくなる。
「ん……ンンッ……！」
涼しげな双眸が苦しげに歪み、息づかいが大きく乱れた。
腰がとろけて、いてもたってもいられなくなる。
そんなときだ。
奏太は玲子のドレスの中に入れていた手を再び動かしてきた。
（えっ……ああっ！　よ、よしてっ）
奏太の指がパンティの上からローターを押し込み、グイグイと刺激を強めてくる。
「くううう！」
玲子は必死にこみあげてくる甘い声をガマンする。
しかし、ガマンすればするほど、身体の中で甘い愉悦《ゆえつ》がふくらんでいく。
（だ、だめっ……）
何かが身体の中で爆発する予感がして、玲子は慌てて両手で口を覆った。
ここのところの囮捜査でいたぶられて、感じやすくなっていたのだ。

「ンッ、ンンッ！」

（やだっ、こんなおもちゃで……イッ、イクッ……）

腰がガクガクと震え、頭の中が真っ白になる。

もうまわりの視線を気にする余裕もなく、ただ目を閉じて、官能のうねりのおさまりを待つことしかできなかった。

コンサートの観覧が終わると、極秘でスタジオ撮影が行われた。

四和商事のイメージ曲が完成したあとには、奏太の来日インタビューや、写真集も同時に出るらしい。

スタジオ内で奏太の撮影が行われている間、マネージャーである玲子もドレスから通常の白ブラウスにタイトスカートという格好に着替えて、撮影をぐったりと見ていた。パンティが濡れていて不快だった。

と、そのときだ。

奏太はカメラで撮影されながら、こちらに指図してくる。

（……もう、ホントにヘンタイっ……）

玲子はポーズを決めている奏太を睨みつけたが、ニタニタと笑っているだけだ。

（わ、わかったわよ……これでいいんでしょ？）

胸に抱えていた書類を下ろした。

すると、近くにいたカメラアシスタントの男の子が、「あっ」という顔をしてから、何度もこっそりとこちらの胸元を見てくる。

（ああん……もう）

玲子は顔を赤らめて、うつむいた。

（露出狂に思われるでしょ。もうっ！）

白いブラウス越しの胸の頂点に、うっすらと小さなポッチが浮いている。

玲子がノーブラであることは、誰の目にも明らかだった。

隠したいのだが、奏太が「隠すな」と合図を送ってくるから、どうにもできなかった。

撮影前のことだった。

「窮屈そうだから、ブラジャーなんか外せばいいのに。ブラ禁止ね」

と、ノーブラで仕事をすることを命令され、しかも脱いだブラジャーは預かっておくからと、奪われてしまったのであった。

「もうっ……それ、返しなさいっ！」

手を伸ばしたが、奏太はすぐに立ち去ってしまった。

それで、今は仕方なくノーブラなのである。

（ハア……ホント、子どもじみたイタズラねえ）

奏太の撮影が終わる。

今度はスタジオでのインタビュー取材だ。

玲子は奏太と並んで椅子に座り、美人マネージャー「礼香」として取材を受けている。当然、奏太が言い出したことだった。

テーブルを挟んで向かいに座っているのは、雑誌の記者たちだ。奏太が日本にいることは情報解禁日まで出さないという約束である。

顔出しだけは頼み込んでNGにしたものの、取材を受けるなんて面倒くさくて仕方がない。

なにせ奏太のことはエロガキとしか思っていないので、「マネージャーとしてどんな風に思っているか」なんて訊かれても答えようがない。

「ではマネージャーさんから見て、天海奏太さんというのは、どんな人なんでしょう？」

記者が想定内の質問をしてくる。

玲子は営業スマイルを振りまきつつ、答えた。

「そうですね。ピアノを弾いている以外のときは優しい人ですよ。子どもみたいなところもあるけど」

奏太に向かって微笑むと、彼は驚いた顔をしていた。

(仕事なんだから、ちゃんとやるわよ。ホントはドスケベでヘンタイのクソガキって、言ってやりたいけど)

「では天海さんは、マネージャーさんのどこに惹《ひ》かれたんでしょう？　天海さんが直接スカウトしたんですよね」

記者が質問したときだった。

(えっ？)

テーブルの下で左手が伸びてきて、玲子の太ももの上に置かれた。

「そうですねえ、礼香さんは……」

奏太が答えながら、ちらりとこちらを見た。

同時に奏太の左手がタイトミニのスカートの中に侵入してきて、パンティに手をかけてくる。

（なっ！　バカっ。取材中よ。何する気！）

玲子は慌ててテーブルの下で奏太の手をつかみ、記者たちにバレないように笑顔を向ける。

テーブルは大きいし高さもあるから、奏太のこのイタズラは向こうからは見えないようだった。それをいいことに奏太は質問に答えつつ、テーブルの下でパンティを脱がしにかかってくる。

（や、やめてっ……）

奏太をじろりと睨むが、彼はおかまいなしに本気の力でパンティを下ろそうとする。

（気づかれるわ……お願いっ）

玲子は美しい細眉をハの字にたわめて、隣に座る奏太を見た。

（どんなメンタルしてるのよ、この子。取材を受けながら、隣の女のスカートの中をまさぐるなんて）

席を立てばいいのだが、どうせここでいやがっても、別のところでパンティを脱がしにくるのはわかっている。奏太はとにかくしつこいのだ。

そのときだった。

奏太の手が、パンティ越しの秘部をまさぐってきた。

（あっ！　い、いやっ……うッ……ううッ……）

平静を装う玲子の頬が赤く火照っている。

愛撫されて抵抗が緩んだときだった。

奏太の手がパンティを引っ張った。下着が太ももの半ばくらいまで脱げてしまう。

「あっ……！」

短い悲鳴を漏らしてしまい、慌てて自分の口を手で押さえた。

「どうかしました？」

記者が訝しんだ顔を向けてくる。

玲子は「すみません。ちょっと」と詫びて、うつむいた。

（ああ、だめよっ、ホントに脱がす気なの？）

奏太を呆れた顔で見たときだ。

「礼香さん、僕の亡くなった母親に似ているんです」

（は？　え？）

奏太が突然そんなことを言い出したので、玲子は動揺した。奏太が何食わぬ顔で続ける。

「だから強引にマネージャーになってもらったんです。できたら、アメリカに戻ってもマネージャーを続けて欲しいなって」

奏太が真顔で見入ってくる。玲子は慌てた。

（いきなり、な、何を言いはじめるのよ、この子）

抵抗する手が緩んでしまう。

奏太はその隙を逃さなかった。

グッとパンティをつかんで、そのまま引き下ろしてしまう。

（ああ……！）

パンティは丸まったまま、足首まで落ちてしまう。

人前でパンティを脱がされた羞恥に、玲子は全身をカアッと熱くさせる。

テーブルを挟んで向かいに座る記者が、再び訊いてきた。

「なんだかいい雰囲気ですねえ、おふたりは。礼香さんはマネージャーを続けられるんですか？」

（いい雰囲気ですねえって……）

ずっとマネージャーをやって欲しいと言われても、それが奏太の本心かどうかわからない。

適当に「やらない」と答えればいい、そう思うのに、

「少し考えたいと思います」

なんでこんな言葉が出たんだろうと思う。

ちらりと奏太を見ると目が合って、ニヤッと笑った。

パンティは奏太の手によって、もう足首まで下ろされてしまっている。

（わかったわよ……もう……好きになさい）

玲子は深いため息をつき、テーブルの下でパンプスを脱ぎ、両脚で器用にパ

ンティを運んで、そっと奏太の足元に落としてやる。

奏太は驚きつつも、ハンカチを床にわざと落とし、それを拾うフリをしてパンティも一緒に拾いあげ、自分のポケットに入れた。

(ああ……私のパンティなんか、どうするつもりなのよ……)

朝からずっと穿《は》いていた下着だから、汗や汚れがついているはずだ。しかも愛撫されたことで、愛液のシミもついていると思う。

その汚れたパンティを、これから奏太に嗅がれたりするのかと思うと、恥ずかしくて、いてもたってもいられなくなる。

4

夜になり、玲子は奏太をホテルに送った。当然のようにブラもパンティも返してはくれなかった。

ノーパンノーブラのままでも、黒川に報告するためにキャリア人事室に戻ると、彼はすでに先に部屋に入って電子タバコを吸っていた。

「……煙が出ないなら、いいんだろう？」

「そこまでして吸いたいんですか？」

呆れたまま、黒川の座るデスクの前に行くと、黒川の目が玲子の胸元をめざとくとらえる。

「いつから痴女になったんだ？」

玲子は顔を赤らめて、ジャケットの前をかき合わせた。

「下着を買う時間がなかったんですよ。これから買いに行こうと思ったのに」

言い訳すると、黒川がククッと笑った。

「天海奏太にノーブラでいろって命令されたのか？　ははっ、とんでもないエロガキだなあ。まあ天才というのは犯罪スレスレのヤツも多いからな」

「スレスレじゃないですよ。犯罪です。まったく……」

今頃あの子にホテルで、自分の汚れた下着を好きなようにされているのだろうと想像すると、恥ずかしくてしょうがない。

「まあ、いつもに比べたら簡単な任務だろう？」

黒川は、退屈そうにあくびをする。

玲子は腕組みをして、黒川を睨みつけた。

「簡単って言いますけどね、コンサート中にパンティの中に手を入れられるわ、取材中に下着を脱がされるわ……そんなのマジで性犯罪ですから」

「そんなことをされたのか？」

黒川の強面が好色に歪む。

「されましたよ。もうやめさせてもらっていいですか？」

「でもなあ……」

と、黒川は煮え切らない態度を見せる。

「あいつはおまえがつかないと、曲なんか書かないって言ってるんだぞ。会長が怒ったら、特命の高額ギャラも……」

「知りませんよ、そんなの……もうっ」

ムスッとしていると、黒川が笑った。

「なんです？」

「いやー、あの奏太ってヤツ、よっぽどおまえの気を引きたいんだろうなって思ってさ。天海奏太は両親に捨てられたらしいから、おまえに母親の姿を投影してるのかも」

えっ、と一瞬驚いた。

そういえば奏太もそんなことを言っていた。

「私が母親って……母親にあんなエッチなことしませんよ、普通は。でも両親がいなくてよくピアニストになれましたね」

「施設に預けられて、まあそのときから才能があったらしいが。須藤《すどう》美智代ってマネージャーがいただろう？　あのおばさんが才能を見い出して、アメリカに一緒に行ったらしい」

「ふーん」

意外だった。

わがままなクソガキだから、金持ちの両親にうんと甘やかされて育ったのだろうと思っていたからだ。

そんな話をしているときに、玲子のスマホが鳴った。

表示窓を見ると、奏太からだった。

いやいや電話に出る。

「礼香さん？　ごめんごめん、ブラジャーとパンティ、やっぱり返すね。取りにきてくれない？」

あほらしくて、ため息が出る。

「今から？　さっきあなたを送ったばかりなのに。私のマネージャーの時間は終わったはずだわ」

「いらないなら、今夜、この下着でいろいろ楽しんじゃうけど。クロッチのところ、写真に撮って送ってあげようか？」

頭がカアッと熱くなる。

「や、やめて。わかったから」

電話を切った。

黒川がまた苦笑している。

「今から行ってきます。黒川さん、私に育児手当とか出ないの？」

「なんだそれ。出るか。まあ頑張っておもりをして守ってくれよ。狙われているのは確かなんだから」

黒川が楽しそうに、手を振ってくる。

玲子は部屋を出てエレベーターで一階に降りる。そして玄関からタクシーに乗り込んで考えた。

(両親がいない、か……私と同じじゃないの)

子ども時代の寂しい記憶を思い出し、大きくため息をついた。

(もう少し優しく接してあげようかしら)

ホテルに到着して中に入ると、例のマネージャーの美智代が駆け寄ってきた。見れば他にも、ロビーに顔を見たことがあるスタッフがいる。やはりストーカー対策で見張っているのだ。

「ちょっと。どこに行くの？　あなたはあがりでしょう？」

美智代が訊いてきた。

「奏太さんのところです。呼ばれたんですから」

「ちょっと待って」

美智代がスマホで電話をかける。どうやら相手は奏太らしい。

「わかったわ」

電話を切る。

美智代がじろりと睨んできた。

「渡したい物があるだけだって。五分よ」

「わかってます」

こちらだって、五分ですめば、ありがたいのだ。

最上階にあがる。この階にはスタッフは誰もいないようだった。玲子は奏太の部屋のドアを叩く。

ガチャッと、ドアが開いて奏太が姿を見せる。

「来てくれたんだっ」

「呼んだのはあなたでしょう？　早く下着を返してよ」

「えーっ、ちょっとだけいいでしょ。ルームサービスでワインを頼んだんだから」

「ワインなんて、いらないわよ」

「とにかく入るだけ入ってよ」

強引に手を引かれて、とりあえず中に入る。すぐにまたドアがノックされ、外から声が聞こえた。

「すみません、ルームサービスです」

「あっ、ほら。来たよ」

奏太はうれしそうにドアを開ける。

ホテルマンがワゴンを引いて中に入ってきた。

(ん？)

妙だ。

ワインを用意しているのはホテルの制服を着た小柄な女性だ。

女性というだけなら、別におかしくはない。

制服のサイズが大きすぎて、彼女に合っていないのだ。

「奏太」

「ん？」

彼の手を取り、引き寄せて抱きしめる。

「うわっ、大胆っ」

「この階には誰か見張ってないの？」

「へ？　いるよ。いつも見張ってくれてる人がふたり。この部屋に近づいてくるヤツをチェックしてくれるんだ」

（やっぱり……誰もいなかったからヘンだと思ったのよ）

そのときだ。

ルームサービスを用意していた女が、急に襲いかかってきた。

奏太を後ろに突き飛ばし、女の攻撃をかわす。

女はナイフを持っていた。

刃が照明を照り返す。

「礼香さんっ！」

奏太が叫んだ。

同時に女がナイフを突き出してくる。

玲子は右斜め後ろに身体を引いてかわすが、切っ先が玲子の手をかすめて、血がにじむ。

「素人じゃないわね、あなた」

女は表情を変えない。やはりプロだ。

もう一度ナイフを突いてくる。今度は上手くかわして、上段のまわし蹴りを入れる。

後ろに避けた女が一瞬、ギョッとした顔をした。

なんだかわからないが、その隙を狙って、今度はボディブローを入れる。

女はドアのところまで吹っ飛び、そのままドアを開けて出ていった。

「待ちなさいっ」

玲子も走って追いかけようとするが、後ろから奏太に抱きつかれた。

「待って、いかないでっ」

振り向くと、奏太は泣き顔だった。震えながら、玲子の腕をつかんでいた。

(今から追っても、もう間に合わないか……)

奏太の手を取った。

「大丈夫よ、いるから」

「血が出てる」

奏太に言われて、右手を見た。親指のところがわずかに切れていた。

「平気よ、こんなの」

「だめだよ、絆創膏《ばんそうこう》」

奏太が手を引いて中に入る。

ソファに座らされて、隣に奏太が座った。

(この子、いい匂いがするのよね)

ミルクのような匂いに、なんだか母性が刺激されるようだ。

彼はホテルの部屋にあった絆創膏をぺたりと張って、その手をさすってきた。

「ごめん、怖くなって」

「いいのよ。でも、ずっとこんな感じなの?」

訊くと、彼は頷いた。

「アメリカのときも、ときどき……へんなヤツが来て……美智代さんが全部やっつけてくれたんだ」

そう言うと、彼はギュッと抱きついてきた。

「ち、ちょっと、何してんのよ」

「ちょっとだけ。ねえ、お願い」

うるうるした瞳で直視されると、年甲斐もなくドキッとしてしまった。可愛い顔なのは間違いないし、ナイフで襲われたのだから、不安になる気持ちもわかる。

ふいに奏太が口を開いた。

「ねえ……本気だよ。本気でずっと一緒にいて欲しい。好きなんだ」

いきなりの告白。

相手はスケベなクソガキなのに、身体が熱くなる。

「……突然なんなのよ、それ。あのね、あなた私といくつ離れていると思ってるのよ」

「たった十二歳だよ。礼香さんって、三十二歳なんでしょ。ねえいいでしょ。OKしてくれたらパンティ返す」

奏太の言葉に玲子は思わず笑い出してしまった。

「……バカっ」

奏太の肩を軽く叩く。

彼はうれしそうにしながら、目をつむった。

（まったく……こういう告白するときだけ、真面目な顔をするんだから……それにパンティなんて……）

ハッとして玲子はスカートを押さえた。

先ほどあのストーカー女がギョッとしたのは、玲子がノーパンだったからだろう。

(ああん、もうっ……この子のせいで)

奏太を見ると、安心したのだろうか、玲子の肩に頭を乗せて、すうすうと寝息を立てていた。

(寝ていると、天使みたいに可愛いのね)

本気でずっとそばにいて欲しいと思っているのだろうか。

天涯孤独の自分を思い描く。

強くなりたいと思っていた玲子は、気づいたら公安やら特命やら裏の仕事にハマっていた。一度たりとも表の仕事をしたことなんかない。

(こんな女が、いまさら表の世界なんてねえ)

奏太との時間は今までになく穏やかで、楽しいことは間違いなかった。

そっと彼をソファに寝かせて、部屋から出る。

ちょうどエレベーターから降りた美智代がこちらを見て、一瞬、驚いたような顔をした。

「何か？」

訊くと、美智代が慌てたように口を開く。

「あなたが、お、遅いから……どうしてるのかなって」

「別に何もありませんよ。心配しすぎです」

言い返すと、美智代は鬼のような形相になった。

「心配するわよ！　いろんな女が奏太を狙ってきているのよ。あの子はまだ二十歳なのにっ」

そう言うと、くるりと踵《きびす》を返して、まだ停まっていたエレベーターに再び乗り込んで降りていくのだった。

第五章　陰湿ストーカーの罠を暴け

1

四和商事の会議室では、会長や重役たちだけに向けての天海奏太の極秘ミニコンサートが行われていた。

中にいるのは、四和の会長と重役たち。それに会長秘書の瑠璃子のみ。

あとは黒川と玲子と、奏太のスタッフたちが、ストーカーに対する対応として目を光らせている。

（ふーん。言うだけはあるわねえ）

玲子は後ろの方に立って、奏太のピアノ演奏を聴いていた。

音楽の知識はまるでないけれど、オーラや迫力が違うのはわかる。優しい音色は聴いていると感傷的な気持ちになってくる。

「たいしたもんだなあ」

隣に立つ黒川が、ささやいてきた。

「ただのエロガキじゃなかったわけね」

「そりゃそうだろ。しかし、なんでこんなコンサートなんか。あいつが危ないんじゃないのか？」

黒川の言うとおりで、美智代に小さなコンサートをやりたいと提案したら、烈火のごとく怒られた。

だが、結局は奏太がやると言ったので、渋々承知したのだった。

「大丈夫ですよ、ストーカーはあの子を狙いませんから」

「は？」

黒川が不思議そうな顔をする。

「……確証があるんだな」

「多分ですけど……」

「多分って、おまえ」

黒川が非難しているときに、奏太の演奏が終わった。

玲子は前に出て、奏太の脇に立つ。

「どう？　礼香さん。ただのエロガキじゃなかったでしょ」

奏太は得意満面の笑みだ。

可愛らしくて、思わずこちらも微笑んでしまう。

「まあね。でもね、私の名前は礼香じゃないの。本名は玲子。四和商事の特命調査室のスイーパー、桐野玲子っていうのよ」

「へ？　玲子？　スイーパー？」

奏太が座ったまま、きょとんとした。

そのときだ。玲子は思い切って身を屈めて、奏太にキスをする。

「は？」

「えええ？」

「な、何してるのよっ」

スタッフたちがどよめいた。そのときだった。

スモークのような煙がまかれて、部屋が真っ白になる。

「うわっ、なんだ」

「テロか？」

「おい、け、警察！」

観客とスタッフが慌ててドアを開ける。

「黒川さん、この子を部屋の外に」

玲子が叫んで、奏太を押した。

「はあ？　狙われてるのは、こいつだろ。おまえが守らないと」

黒川は、奏太の手をつかんで叫んだ。

「だから、この子を狙わないって言ったでしょ。違うのよ。おそらく狙われるのは、私よっ、だから私から離れてっ、ぐっ！」

白い煙の中から蹴りが飛んできて、玲子は吹っ飛んだ。

「きゃあ！」

床に倒れた背後で誰かが叫んだと思ったら、瑠璃子がしゃがんだまま震えていた。

「なっ、何してるのよ。あんた、会長秘書でしょ。会長を守ってよ」

「だ、だって腰が抜けて……ん？」

瑠璃子が眼鏡を拾いあげた。

玲子がいつもしている、変装用のレンズの分厚い眼鏡だ。転んだ拍子に、ジャケットの内側から落ちたらしい。

「こ、これ……この眼鏡ってっ……」

瑠璃子が眼鏡とこちらの顔を交互に見た。

「眼鏡を返して。キャッ！」

ナイフが突き出されて、危うく目に刺さりそうになる。

とっさに右手でいなして、犯人の腹にパンチを叩き込んだ。二メートルほど後ろに飛んだが、自分から飛んでダメージを軽減したらしく、すぐにナイフを構えてきた。

（やっぱり……）

黒ずくめの服を着たこの前の女は、ホテルのときとは違って、確実に玲子を狙っていた。

再び女が飛んできた。

わずかに後ずさり、ナイフをかわして女の腕を取る。

「くっ」

女が呻いた。

「可哀想にねえ。あんたもプロなら、こんな目立つところでやりたくなかったでしょうに。ひどい雇い主ねえ」

腕を決めながら、女に言った。

「うるさいっ」

女が蹴りを出してくる。

それをかわして、玲子は女の腕に肘を落とした。

ぼきっ、と鈍い音がして、ナイフが落ちた。

それでも女は痛がりもせず、すぐに左手でストレートを放ってきた。額を前に出して、女の拳をもろに受ける。

額は硬いのだ。

女の左の指も折れた。

前のめりになった女を、玲子は思い切り蹴りあげる。

「うぐっ！」

女は仰向けになって、そのまま大の字で動かなくなった。

ハアッ、ハアッ……。

肩で息をしていると、瑠璃子が泣き顔でやってきた。腰は治ったようだ。

「あ、ありがとうっ……あの、き、桐野さん」

「いいえ、どういたしまして」

ニコッと笑うと、瑠璃子は照れたようにうつむいた。

ふいにドアが開いた。

「やったわ……すごいわね、あなた。見直したわ」

部屋に戻ってきたのは、奏太のチームマネージャーの美智代だった。

「あとは私たちでやるから。奏太のところに行ってあげて」

珍しく殊勝なことを言う。

「いえ、その前に、この女の携帯を確認しないと。誰かの指示の可能性がありますから」

そう言うと、美智代の顔色が一気に青ざめた。

「し、指示なんかあるわけないでしょ。この女の単独犯行よ。い、いいのよ。そういうのはこっちの仕事……」

玲子は美智代の手を取って、告げた。

「……あなたでしょう。ストーカー役をでっちあげて、たびたび奏太や奏太のまわりの人間を襲わせたのは」

「はあ？」

隣にいた瑠璃子が首をかしげる。美智代は笑った。

「な、何を馬鹿なこと」

「この女が奏太を狙ってないのは最初からわかってたわ。そのあと私は部屋を出たけど、あなたは私の顔を見て驚いていたわね……私が無傷だったから、驚いたんでしょう？」

「い、意味がわからないわ」

そう言いつつ、美智代は玲子の手を振りほどき、倒れている女のポケットに手を入れようとする。

その手をつかんで、今度はひねりあげた。

「いたた。ちょっと離して、何を……」

「奏太を取られるのが、いやだったんでしょう？」

玲子の言葉に、美智代はハッとした顔をした。

「あの子は、あなたにとって子どもみたいなものよね。ううん、最近は男としてかしら。奏太に訊いたのよ。アメリカにいたときも、ストーカーに巻き込まれて何人かの女性がけがをしたって」

「し、知らないわ」

「女のスマホを見ればわかるわ。そんなに焦っているってことは、着信かメールを残したんでしょう？　この女が消していても復元できるのよ」

美智代はがっかりと肩を落とす。

ほんの少しだけ、美智代の気持ちもわかった。

彼女が奏太の親代わりをして、育てて、そして世界に羽ばたかせたのだ。誰にも渡したくない、という気持ちが湧くのも当然だろう。

2

ホテルに送るまで、奏太は項垂《うなだ》れてひと言も話さなかった。

無理もない。

彼はずっと美智代だけを頼って生きてきたのだ。これからの彼のことを考えると、胸をしめつけられる思いだった。

部屋に入ると、奏太は当然のように抱きしめてきた。

「玲子さん。ずっといて……僕と」

「……私は、ただのボディガードよ。それはできないわ。私は、任務を遂行しただけ」

「だったら、もうその任務は終わったでしょ。お願い。ずっと僕と……」

奏太にギュッと強く抱かれると、愛おしさが湧いてくる。

母性愛とそして、ひとりの男に対しての愛情だった
「私は表の世界にいたことないの。ずっと裏の世界にいたの。無理よ」

「無理じゃないよ」

抱きしめられたまま、ベッドに押し倒された。

（えっ、ウソ……）

彼が欲情を孕《はら》んだ目を向けてくる。

ドキッとして、思わず顔を熱くして狼狽えてしまう。

（またミルクみたいな匂いがする……私も、結婚してたら、甘い匂いのする可愛い子どもがいたかも）

ずっと裏の世界で生きてきたけれど、公安にいたときに同僚と結婚まで夢見たこともあった。

その人は殉職《じゅんしょく》してしまった。

だけど、もし彼が生きていたら、違った人生もあったかもしれない。

「玲子さんって、可愛いね」

奏太がじっと見てきて、笑う。

ちょっとムッとした。

「か、可愛いって……ひとまわり年上に言う台詞じゃないでしょう？」

「でも、可愛いもの」

のしかかられた。

「ちょっ……えっ……？」

首筋にキスをされて、玲子は驚いた。

（経験あるのね。モテるものねえ）

美智代に病的なまでに守られていたから、もしかしたらまだ童貞ではないか、と思っていた。

（あんなエッチなイタズラしてくるんだもの。女を知らないなんてわけないわよね）

奏太は玲子の右手を取り、絆創膏を貼った部分にキスしてきた。

彼が泣きそうな顔になっている。

また年甲斐もなくキュンとしてしまう。

（恥ずかしいわ、十二歳も離れている年下になんて……）

全身が緊張で汗ばんできている。

彼は真面目な顔だ。

「ホントに好きなんだけど……だめ？」

（この子、私とシタいんだ……）

母性と欲情があふれてくる。

素直になりたかった。

「……いいわ。ずっと思っててくれたんだものね。私のこと、好きなようにしたいんでしょう？」

「え……ホントに？　いいの？」

子どものようにはしゃぐ奏太が、下半身をもぞもぞとさせた。

（あっ、やんっ）

上になった奏太が、太ものあたりに硬くなった下腹部を、ごりごりとこすりつけてきた。

ジャケットに白いブラウス、そしてミニのタイトスカートはまくれて、パンストを穿いた太ももに、熱くて硬いモノが押しつけられている。

（やだ……私……）

不安とともに、ドキドキがとまらなくなる。

囮捜査は自分からイニシアチブを取れるのに、今は受け身になってしまっている。

奏太がじっと見てくる。

さらに息苦しさが増した。すっと顔を近づけてくる。

どちらからともなく唇が重なる。

チュッと可愛らしく、優しいキスだ。

「ああ、玲子さんっ」

ガマンできなくなったのか、今度はしっかりと唇を押しつけられる。

「ん……んぅ……んううっ」

むしゃぶりつくような激しいキスだった。

息苦しくなり、わずかに紅唇を開くと、あわいに舌が滑り込んできた。

「ん！　ンフッ」

舌が生き物のように動き、玲子の口腔内を愛撫する。

（ああんっ、気持ちいい……）

歯茎や上顎や、頬粘膜までじっくりとぬめる舌で舐められると、玲子は恥じらいも忘れてみずからも舌先をもつれさせてしまう。

「んうんっ……んんうっ……」

じゅ、じゅるっ、と、いやらしい唾液の音が耳奥にこだまする。

粘っこい唾液の味がたまらなかった。

（ああ……ひとまわりも年下の子と、舌をからませて……こんないやらしいキスなんかして）

いけないと思う心が、背徳の興奮を募る。

「ん、んうっ……は、あ、あんっ」

わずかな隙間から、玲子は甘い喘ぎを漏らす。

ねちゃねちゃと舌をもれさせて、唾液をすすり飲む。

愛おしくなり、玲子も奏太の背に手をまわし、きつく抱擁しながら、角度を変えて口づけを続ける。

（ああん……だめなのに、私、こんな気持ち……）

じっくりと口唇を舐め合ったあと、ようやく唇が離れた。

唾液の糸が、唇と唇をつないでツゥーと垂れていた。若い子と唾液まみれのキスをしたことが恥ずかしい。

「玲子さんって、いい匂いがする」

奏太が目をらんらんと輝かせて、ハアハアと息を荒げている。

若い子の欲望に満ちあふれた目で眺められ、玲子もどうにかなってしまいそうな昂りを覚える。

「いいのよ、脱がせても」

「う、うん」

奏太は顔を真っ赤にし、震える指で玲子のジャケットを脱がし、白いブラウスのボタンを外してくる。

ブラウスの前を開かれると、白いブラジャーに包まれた乳房が、二十歳の子の前で揺れながらまろび出た。

「うわっ、大きいっ」

奏太の目が大きく見開かれて、ふくらみをじっくりと眺めている。

「いいわ、ブラも外して……いいのよ、好きにして」

(やだ、私ったら、はしたない台詞を……でも、こんな風に若い子に興奮されるの、うれしいかも)

囮捜査のときも、イタズラされて感じたことがある。忌み嫌う男にすらそんな感情を持ってしまうのだ。だから好意を持っている相手であれば、どんなことをされても……彼にメチャクチャにされてしまいたくなる。

彼の手が背中にまわされた。

ブラの後ろを引っ張られたと思ったら、すぐに器用にホックを外される。胸の圧迫がするっと緩んだ。

玲子はブラを両手で押さえたまま静かに呼吸しながら、ブラジャーを外す。

生のふくらみが現れると、奏太の目がさらに大きく見開かれる。

白い乳肉の中心部に淡いピンクの乳首があった。

奏太は「ああ、玲子さん……」と、うわずった声を漏らし、左右の乳房に五指を食い込ませてきた。

「あんッ……」

（いやん、何これ……）

ピアニストの繊細な指で、じっくり揉みしだかれていくと、それだけで玲子の息はあがり、身悶えしてしまう。

「キレイなおっぱいっ、や、柔らかくて、すべすべで……」

「ああん、言わなくていいから」

乳房を揉まれるだけで、こんなにも興奮してしまう自分が恥ずかしい。

奏太の息があがり、次第に強めに揉みしだかれていく。

「あっ……あっ……」

張りつめていた乳腺の奥が熱くなってきて、甘い吐息が赤い唇から色っぽく漏れはじめていく。

「玲子さんっ」

切羽つまったような声を漏らし、奏太の唇が右側の乳房に吸いついてくる。

「はあぁんっ、奏太っ、ああんっ」

玲子はベッドの上で、ぐーんと背を弓なりにしならせて顔を跳ねあげた。

（ああっ……だめっ、感じてしまって……声が……）

吸いつかれながら、舌先でねろねろと乳首を舐めねぶられた。

乳房を懸命に吸っているこの子を見てると、まるで子どもに対するような愛しさが湧いてくる。

「いいのよ、もっと……」

髪をすくように撫でてやると、奏太はうっとりした目でみつめてきて、今度は反対の乳房を揉みながら吸いついてくる。

チュ、チュパッ……チュウウ……。

音を立ててキツく吸われると、胸の先が熱く疼いて、身体の奥からジンジンとした痺れが襲ってくる。

「ああっ、あああん」

肉体が敏感になってしまっている。乳首への甘い刺激が腰骨をとろけさせ、全身に愉悦が増していく。

「乳首が硬くなってきた。ああ、感じてくれてるんだね」

奏太が乳首をこりこりと指でいじくりながら、うれしそうに玲子のとろけた顔を覗いてくる。

「いやっ、い、言わないでいいからっ。い、いじわるね、あ、ああンッ」

さらにチュウウと強く吸われて、全身が戦慄いた。

「だめっ……ああ……」

だめと言いつつも、女体はさらなる刺激を求めるかのように、パンティの奥が熱くなり、甘ったるい汗の匂いも強くなる。

（ああんっ……だめっ、私ったら、疼いてきてしまって……）

いやらしい奏太の舌の動きだった。

吸われたまま舌を横揺れされて舐められると、ゾクゾクした背筋の震えが襲ってくる。

「お、お願いっ、下も愛撫してっ……それにあなたも脱いでよ」

「えっ、あ、ごめんっ」

奏太は慌てて自分の服を脱ぎはじめる。

いつもの生意気な態度はおくびにも見せず、緊張して強張っているのが微笑ましかった。

パンツを下ろすと、まるでバネじかけのように分身が飛び出した。

臍につかんばかりの昂りだった。硬く大きくなっているのに亀頭部は薄ピンク色で、やはり二十歳の子なんだと改めて思う。

玲子もブラウスと、外れていたブラジャーを取り去った。

ぷるんと揺れるバストの頂が、熱く疼いている。

(やだ、こんなに乳首が硬くなってるっ……)

乳頭部が肥大化しているのも恥ずかしいが、パンティの内側が湿っているのが、なんともいたたまれない。

(濡れてるわ……しかも、ぐっしょりと)

早くすべて脱いでしまおうと、玲子はタイトスカートを下ろしてパンティ一枚の姿になる。

白いパンティだ。濡れジミができていたら、目立ってしまう。

素早くパンティに手をかけたときだった。

「れ、玲子さん。僕……パンティ、脱がしてみたい」

奏太が赤ら顔で訴えてきた。

だめだと言おうと思ったが、彼の目がらんらんとしていた。

(好きなようにしていいって言ったものね、期待を裏切れないわ)

ハア、と息をついて、玲子はパンティ一枚の姿のまま、ベッドに仰向けになる。

(お願い、シミがあっても気づかないで)

パンティをつかまれて、腰から引き剥がされていく。

太ももから膝に、丸められた下着が脱がされる途中で、奏太の手がピタリととまった。

「あっ、すごいっ。玲子さんのパンティ、シミが……」

言われて、カアッと身体が熱を帯びる。

（い、いやっ……）

枕に手を伸ばして、顔を隠そうとした。

だがそれでは、思い切り恥ずかしがっているのがバレてしまう。年上のプライドが許さない。

玲子は顔をそむけて、口を開いた。

「私、その……濡れやすい体質なのよ。だから、気にしないで」

言い訳しようと思ったが、まったく言い訳になっていないのに、言ってしまってから気がついた。

「でも濡れやすいってことは、感じてくれたんだね。僕の手とか舌で」

「えっ、あん、それは……ああんっ」

奏太はさらに興奮し、荒々しくパンティを抜き取った。

（濡れやすいなんて言っちゃったら、男の子は興奮するわよね）

　恥ずかしいと閉じた膝も、力任せにこじ開けられて左右に広げられる。

（あっ、いやぁ……）

　もあっとしたツンと鼻を突く蜜の匂いが漂った。

　生魚のような淫臭も、羞恥だ。やはりかなり濡れているのだろう。

「うう……やだ、あっ……あうん……」

　奏太の刺すような熱い視線が、露わになった、恥ずかしい部分に注がれている。

　玲子は、いやと悲鳴をあげて腰をくねらせる。

「ああ……お願い。恥ずかしいわ、そんなに見ないで」

「だって、見ちゃうよ。玲子さんのここ、ピンク色ですごくキレイで……あ、また奥からオツユがあふれてきた」

　奏太の恥辱の言葉に、玲子は「ああ」と喘ぎをこぼして頭を振った。

「い、言わないで。わ、わざとでしょう。そんなこと言わないで、もう見ないでッ」

　脚を閉じたくとも、奏太が両方の膝を手で押さえている。

（見られてる。浅ましく発情したアソコを……こんな、大股開きの恥ずかしい格好にされて……）

体温があがり、動悸《どうき》が苦しくなる。

手のひらで恥部を隠そうとしたときだった。

「あんッ」

ぬるんと柔らかくて湿ったものが、敏感な肉の合わせ目を這いずった。

腰が勝手にビクン、と震える。

見れば奏太が、股のつけ根に顔を近づけて舌を這わせていた。

「やだっ、な、舐めないで」

暴れるも、二十歳の子の力は強い。

「つ、だ、だめってば……ッ……は、はうう」

ねろねろとたっぷり舐めしゃぶられていくと、腰に力が入らなくなり、意識が霞んでいく。

身体の奥がさらに熱くなり、じっとりと発情した汗がにじんでくる。

玲子が嫌がるのもかまわず、奏太の舌は、亀裂に沿って何度も何度も上下する。

「アアッ！　んんっ、ん、んっ……」

玲子はシーツをギュッと握りしめて、びくっ、びくっ、と痙攣《けいれん》する。

じゅるるる、と恥ずかしい音が聞こえる。花弁からあふれ出る蜜を、奏太が舌で舐め吸っているのだ。

「玲子さんの、すごく美味しい」

股間から、奏太のいやらしい台詞が聞こえてくる。

3

奏太の舌が、今度は敏感な陰核を狙ってきた。

ちゅるっ、と上部のクリトリスを舐められた瞬間だ。ジーンとした痺れが起こり、左右に開き切った脚が筋張るほどに引きつった。

（か、感じちゃう……）

腰がとろけるほど気持ちがよくて、頭が真っ白になっていく。

「そ、奏太、そ、それだめっ、ぁあああ……」

敏感な肉芽がぬるぬると舌の腹でいじくられて、快楽が染み入っていく。

これ以上されたら、達してしまいそうだった。

「くぅぅ……ああ、もう……もう……」

(だめっ、はしたない声が……)

崩れ落ちそうになる瞬間だ。

奏太の舌の動きが、ぴたりとやんだ。

(え？)

とろけていた瞳を開けて見れば、奏太が見つめてきていた。

「あ、あの……僕、ひとつに……玲子さんとひとつになりたい」

真っ直ぐな気持ちをぶつけられた。

三十二歳が、二十歳の男の子とつながる気恥ずかしさはあるが、こちらももう、たまらなく欲しくなっていた。

(この子は寂しいの、特別なの……)

温かく包んでやりたい気持ちが湧きあがる。

「いいわ。私も奏太が欲しい」

羞恥を隠して、素直な気持ちを吐き出すと、奏太はうれしそうに仰向けになった玲子の脚を大きく開かせ、腰を進めてくる。

（ああ、私……この子と、しちゃうのね……最後まで……）

心臓が跳ねあがるほどの興奮を隠して、仰向けで脚を大きく広げた受け入れ体制をつくる。

奏太が汗ばんだ身体を近づけ、腰を太もものあわいに押しつけてきた。

何度か切っ先が滑って、会陰や鼠径部《そけいぶ》を刺激する。

「慌てないで、ここよ……」

玲子は先端を握って、濡れそぼる膣穴に導いた。

奏太のペニスは触れただけで火傷《やけど》しそうなほど熱く、ドクドクと脈動している。

（こんなになってる。私と早くひとつになりたいのね）

切っ先がグググッと押しつけられる。

うれしさと同時に、イケナイ気持ちが湧きあがった。

相手は世界的な天才ピアニスト。

華々しい表舞台にいる、しかも二十歳の美少年だ。

一方で、玲子は特命調査室のスイーパーだ。身体を使って、時には汚いこともやって企業を守る裏稼業。

そんな女との経験など、彼の履歴の汚辱《おじょく》でしかない。

そんなことを考えてみたものの、いざ奏太の熱い剛直が狭い入り口を押し広げてくると、もう奏太以外のことは考えられなくなってしまう。

「ああ、ああん……あああん」

(奏太のが、入ってくる)

雄々しい肉棒が、ヌルリと入ってくる。ぐちゅ、と愛液がしぶいた。

「あ、あんっ」

切っ先がぬぷりと突き刺さり、玲子は背をそらして、ほっそりとした顎をクンと持ちあげた。

「んんっ、ああン、硬いっ」

奥まで満たされて、意識が痺れていく。

（ああ、大きいわ、息ができない……私の中、この子でいっぱいにされてる）

広げられて、押し込まれる感覚が女の至福を呼びさます。

今までも男との経験はあったが、まるで違った。

ずっと、このまま奏太が中にいて欲しい。女としての悦《よろこ》びは意識がとけるほど大きかった。

「くうう、ああ、あったかい。玲子さんの中……き、気持ちいい」

奏太はヨダレもたらさんばかりの恍惚《こうこつ》の表情で、女の潤みをペニスで味わっている。

さぞかし気持ちいいのだろう。

奏太が本能的に腰を動かしてきた。

勃起が激しく前後に出入りして、膣襞がこすられる。ぐちゅ、ぐちゅ、と卑猥な音を奏ではじめていく。

「あんっ、奏太っ、いきなり、そんな……はげし、……あんっ、あんっ、だめっ、あああん」

張り出したエラで媚肉がごりごりとこすられる。

甘い刺激が広がっていき、もう何も考えられなくなって、ひとまわりも年下の子の身体にしがみついた。

「ああん、いっぱい入ってくるッ。いや、だめぇ」

若くて蒼い欲望は、玲子の想像を遙かに超えて、女体の奥深くまでを串刺しにした。

汗でぬめる身体と身体。

ふたりで抱きしめあい、ひとつになってとろけた。

パンパンと肉の打擲音《ちょうちゃくおん》が響き、汗が飛び散り、生々しい獣じみた匂いが立ちのぼる。

野太いモノは容赦なく女の膣胴を押し広げる。

女の悦びが湧きあがり、たまらなくてさらにギュッと強く男の子にしがみつく。同時に膣も震えた。

「くぅう、玲子さんのがキュッてチ×ポを搾《しぼ》ってくる……くぅ、ううう」

見れば奏太が歯を食いしばって、ぷるぷると震えている。

(可愛い、ガマンしてるのね)

だが玲子も、その顔を眺めているほどの余裕がなくなっていた。

身体ごと揺さぶられて、ふくよかなバストが揺れ弾む。ふたりのハアハアという呼吸がからまり、汗が飛び散る。

「ああ、玲子さん、そうだっ、あの、僕、今……」

彼がふいに泣き顔になった。

玲子は察して、汗ばんだ美貌をニッコリさせ、奏太の頭をくしゃくしゃと撫でてやる。

「好きにしていいって言ったでしょ。私、大丈夫な日だから。奏太が出したいときに出していいのよ」

「玲子さんっ……」

中出しの許しを得た彼は、さらに深いストロークで切っ先を埋めてくる。

「ンッ！　あああっ……」

身体が激しく揺さぶられる。

肉茎が深いところまで埋まり、意識がふっと途切れていく。

さらに奏太が動くと、切っ先が子宮に当たってきた。

「あっ、だめッ……あ、ああんッ」

腰を震わせながら、開いた両脚の爪先をギュッと内側に丸める。

目の奥が弾け、全身がじんわりと熱くなって打ち震える。

(わ、私……)

もう達してしまいそうだった。

「ああんっ……そ、そんな、奥までっ……アアンッ、アッ……だ、だめっ」

何度も首を振るが、奏太にはもう聞こえないようだ。

「れ、玲子さんっ。くうう、玲子さんの中、た、たまらないっ」

奏太が呻いた。

ハアハアしながら、じっと凝視してくる。

(いやだ、私……)

トクン、と心臓が音を立てる。

年上がキュンと熱い気持ちになるところに、さらに中出しを許されたペニスが、ぐいぐいと襲いかかってくる。

揺さぶられて、たわわな乳房がぶるんぶるんと揺れている。

奏太は弾む乳房を揉みしだき、野太い性器でグイグイと奥を穿《うが》ってくる。

「ああんっ、いやっ……こんな……ああんっ、おかしくなる、おかしくなっちゃうぅ……ああんっ、奏太っ」

三十二歳とは思えぬ甘い声をあげ、奏太を見た。

(だめ……こんなに気持ちいいなんて……)

思いながらも、正常位で貫いてくる彼を愛おしいと思い、おねだりするように腰をこすりつけてしまう。

(ああ、浅ましいわ)

と思っても、女体はさらに深い絶頂を味わいたいと腰が揺れる。

「くううっ、玲子さんっ、そ、そんなにしたら、僕、で、出ちゃうっ……」

叫びながらも、奏太は玲子の腰をがっちりと両手で持ち、パンパンパンと激しくスタッカートで腰を打ちつけてくる。

「あん、ああん、ああん……気持ちいい、ああん、恥ずかしいっ、お願いっ、見ないでっ、見ちゃいやっ」

ミドルレングスの髪を振り乱し、よがり泣いた。

目の奥が弾けそうだ。

玲子は豊腰をくねらせる。

「ああ、イクッ……だめっ……イクうっ……」

脚をM字に開いたまま、腰をガクンガクンとうねらせる。肉体的な反射で、膣中の奏太のペニスを食いしめた。

「ぁああ、そんなのダメっ、もう限界だよっ」

奏太が切羽つまった顔を見せてくる。

危険日ではないが、許されない中出しの行為。

しかし玲子の中では、その禁忌よりも愛おしさが勝っていた。

「いいのっ、奏太の濃いの、私の中にちょうだいっ……」

「い、いいんだね。ああ、僕っ……」

彼の泣き声とともに、奥に突き刺されたままの肉茎が膣内で跳ねた。

熱い飛沫《しぶき》がどっ、と注がれる。

(あぁっ、精液が……私のなかに)

どろりとした熱い子種が膣内に染み入っていく。

玲子の襞は、奏太の肉茎を締めつけながらざわめいている。

「ああん、だめっ……また、イ、イクッ……」

はしたない声をあげて、玲子はブルブルと震えた。

なめらかな白い肌が汗でにじみ、膣では収め切れなかった精液がこぼれて太ももに伝っていた。

玲子は恍惚に打ち震えながら、ギュッと奏太に抱きついた。

汗ばんだ身体からは甘酸っぱい匂いがした。

(子宮が奏太の精液で熱いわ……)

うしろめたさはある。

だが、寂しいひとりの青年を受け入れた充実感もあった。

しばらくすると、注ぎ終えた奏太がペニスを抜いて、隣でごろりと横になった。

「私の中に出して、気持ちよかった?」

訊くと、奏太は汗まみれの顔で頷いた。

「こんな気持ちいいの、初めて。ありがとう、玲子さん」

真っ直ぐに見つめられて、顔が熱くなる。

「そう……私も、うれしいわ」

愛しさがこみあげて、思わず唇を重ねてしまう。

奏太も舌をからめてくる。

この時間がずっと続けばいいと、玲子はそう願うのだった。

エピローグ

「んーっ……」

玲子は大きく伸びをして、枕元のスマホを見た。

八時十分。

普段なら、すでに起きて出社の支度をしている頃だ。

横を見れば、ほっそりとした白い背中があった。ホテルの部屋の中はまだ、セックスの残り香が残っている。

(三回もしちゃって、疲れたでしょうね……)

布団から出ようとすると、身体が鉛のように重かった。

アソコが少し痛む。

だけど……。

乱暴に抱かれたけど、奏太の匂いが身体にまとわりついているのはうれしい。

「んっ……」

奏太が寝返りを打って、首のあたりをかいている。

(寝ているると、ホント可愛いわねえ)

ベッドから降りて、全裸のまま窓を見る。

昨日から何度も考えたが、やはり奏太と一緒にいるのは想像できなかった。

そばについていてあげたいが、そこにはふさわしい人がいると思う。

玲子は服を着てから、メモに《ありがとう》とだけ書いて部屋を出た。


「よかったあ。姉さんはやめるんじゃないかって、黒川さんが言ってたんです」

いったん家に戻り、着替えてからいつもどおり眼鏡をつけて出社すると、すっと桃香が寄ってきてそんなことを言う。

「まさかあ。なんでよ、まだ手当も何ももらってないのに」

「前から思ってたんですけど、そんなにお金を貯めて、どうするんですか？」

桃香の言葉に、玲子は満面の笑みを見せる。

「バイクよ」

「バイク？」

「そ。私、昔は単車乗りだったから」

正直に言うと、桃香は首をかしげる。

「それくらい、姉さんなら余裕で買えますよね」

「違うわよ。空を飛ぶの」

桃香がキツネにつままれたような顔をした。

「は？　空？」

「ええ。この前、空飛ぶバイクって発売されたの知ってる？　何千万円もするんだけど。それが欲しいのよねえ」

「なんですか、それ。あの……本気で？」

「本気も本気。楽しいじゃないの」

「はあ」

桃香が呆気にとられた顔をする。

そんなことを話していると、前から瑠璃子がいつものように高い鼻をそらして歩いてくる。だが、今日は玲子を見つけると、

「玲子さあんっ」

と、甘い声で寄ってきたから、玲子は焦った。

「な、何よ、今朝は一体……」

「だって。昨日、格好よかったんだもの……ねえ、玲子さん。今度、ウチに遊びにいらっしゃいよ」

瑠璃子の目が濡れていて、ゾワッとした。

「ちょっと、あんた、何をしてるのよ」

桃香が瑠璃子にくってかかった。

「何よ、いいでしょう？」

「よくないわよ。姉さんから離れてっ」

「何よ、その姉さんっていうの。玲子さんを変な風に呼ばないでよ」

ふたりがいがみ合っている。やれやれだ。

だがまあこの日常が、私には心地いいんだけど。


〈了〉

※この作品は、「スポーツニッポン」で2020年9月〜10月にかけて連載された「特命調査室　桐野玲子　あぶない囮捜査」を大幅に加筆・修正したものです。

紅文庫

特《とく》命《めい》調《ちょう》査《さ》室《しつ》 桐《きり》野《の》玲《れい》子《こ》 あぶない囮《おとり》捜《そう》査《さ》

桜《さくら》井《い》真《ま》琴《こと》

2022年 3月 15日　第 1 刷発行

企画／松村由貴（大航海）
DTP／遠藤智子

編集人／田村耕士
発行人／日下部一成
発売元／株式会社ジーウォーク
〒153-0051 東京都目黒区上目黒 1-16-8 Yファームビル 6 F
電話 03-6452-3118
FAX 03-6452-3110

印刷製本／中央精版印刷株式会社

ISBN978-4-86717-286-5

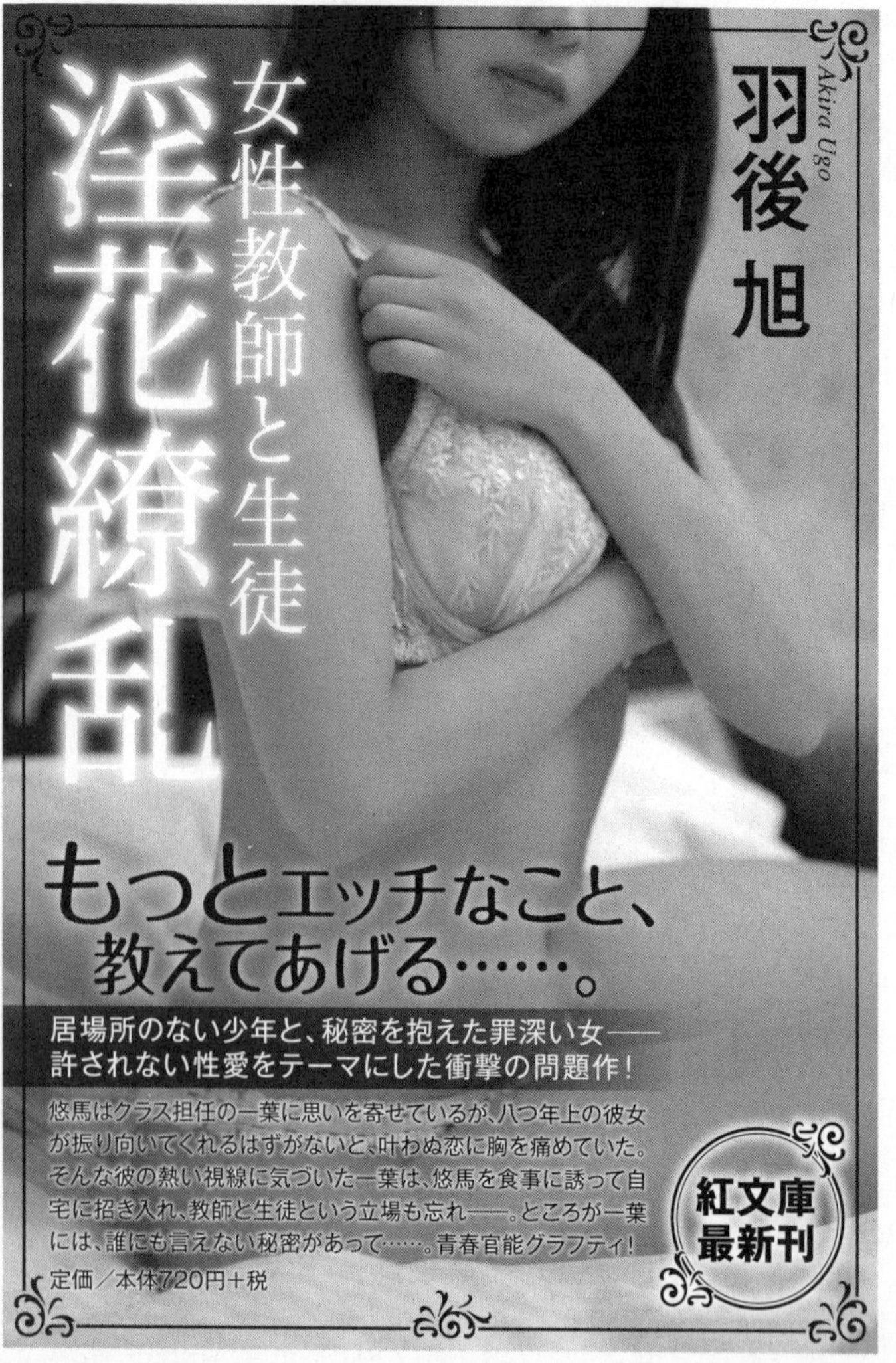
女性教師と生徒
淫花繚乱
羽後 旭
Akira Ugo
もっとエッチなこと、
教えてあげる……。
居場所のない少年と、秘密を抱えた罪深い女――
許されない性愛をテーマにした衝撃の問題作！
悠馬はクラス担任の一葉に思いを寄せているが、八つ年上の彼女が振り向いてくれるはずがないと、叶わぬ恋に胸を痛めていた。そんな彼の熱い視線に気づいた一葉は、悠馬を食事に誘って自宅に招き入れ、教師と生徒という立場も忘れ――。ところが一葉には、誰にも言えない秘密があって……。青春官能グラフティ！
定価／本体720円＋税
紅文庫
最新刊